宿敵の剣

はぐれ武士・松永九郎兵衛

小杉健治

幻冬舎時代小説文庫

宿敵の剣　はぐれ武士・松永九郎兵衛

目次

第一章　護衛

一

　梅雨が明けた。真夏の燃えるような空から、激しい暑さを伴う陽射しが神田淡路町の昌平橋そばにある信濃葛尾藩上屋敷を照らしている。

　浪人、松永九郎兵衛は門の外で待っていた。屈強そうな門番ふたりが九郎兵衛をちらちらと見ている。

　年頃は九郎兵衛と同じ三十くらい、がっちりとした体軀も九郎兵衛に似ていた。ただ門番たちの額には、九郎兵衛のような刀傷はない。

　ふたりは九郎兵衛をどこか不思議そうに見ている。

　どうして、こんな奴がお殿様に呼ばれたのか。偽りを申しているのではなかろうか。口にはしないが、そんなことが表情から見て取れる。

「もしや、新たな剣術の師範なのやも」

九郎兵衛の地獄耳が、門番たちの小さな声を捉えた。

それにしても、本当に葛尾藩主が自分を呼んだのか、まだ半信半疑である。

葛尾藩の藩主は正木美濃守忠次。一代で六千石の旗本から一万八千石の大名にまで成り上がった男だ。前将軍、徳川家斉の寵愛を受けていたとの噂である。九郎兵衛のような浪人でもその名や噂を耳にすることがあった。

三日前のことであった。

芝新明町の魚問屋、鯰屋権太夫が「正木のお殿様が、松永さまにお会いしたいと仰っておりました」と、いつになく不敵な笑みを浮かべて告げてきた。

『鯰屋』は幕府御用達の魚問屋であり、さらに大名貸しを行うなど、幕府、諸藩問わず関わりが深い。

（権太夫の言うことだから間違いはないと思うが）

しかし、裏がある。

九郎兵衛はそう睨んでいた。

無実の罪を着せられて、小伝馬町の牢屋敷に捕らえられていた九郎兵衛を救い出してくれたのが、鯰屋権太夫だった。

善意からではなかった。

助けられた代わりに、数々の任務を与えられて、遂行する羽目になった。

「正木さまのところに行けば、松永さまのお望みのことが叶えられるでしょう」

権太夫は意味ありげに告げた。

詳しくきいても、権太夫は曖昧に答えるだけだ。

「俺の望むことなんて……」

あまりない。

生き別れて、ある時、ばったり再会した妹がいる。この妹が権太夫の庇護の下にいた。その妹とはあれから会えていない。妹に会いたいと何度も訴えているが、「いまは安全な場所に避難させております。いずれ時が来ましたら」と、はぐらかされた。

九郎兵衛が思いを馳せていると、やがて戸口から四十を過ぎた小柄で、痩せた男が出てきた。額が出ていて、目の窪(くぼ)みが深い。浅黒く日焼けしていて、肌に馴染む色合いの薄い唇であった。見栄えは悪いが、上等そうな白地の羽織を着ていた。

「お待たせした。目付の割田三樹三郎(わりたみきさぶろう)だ」

男は名乗った。

「目付……」

割田を改めて見た。

目付とは、家臣の監察に当たる役職だ。幕府だけでなく、諸藩にも目付が置かれている。割田の目は鋭かったが、田舎の百姓といった素朴な面立ちだった。

九郎兵衛の心の内を見抜くかのように、

「畑仕事が好きでな」

と、にこやかな顔で穏やかに言った。

「ところで、お紺（こん）さまのことだが」

「お紺？」

妹の名前だ。

「ご懐妊なされた」

「一体、だれの」

「戯れを」

割田は苦笑した。

「なんのことやら」

九郎兵衛は困惑していた。

「ともかく、そのことで殿様がお会いしたいとのことだ。さあさ、中へ」

割田は誘った。

九郎兵衛は、割田に従った。

歩きながら詳しい話を聞くと、妹のお紺は、正木美濃守忠次の側室となり、子を孕んでいるという。正木忠次には、正室とお紺以外にも側室がいるが男子がいなかった。生まれてくる子が男子か女子かわからないが、忠次は今回の件を大変喜び、お紺の兄である九郎兵衛に会いたいと言っているそうだ。

「そうとは知らず」

九郎兵衛は詫びた。

「権太夫は相変わらずじゃのう」

割田は苦笑いする。

たった一年の間に、そんなことがあろうとは思わなかった。

すべて、権太夫が仕込んだことではなかろうか。割田も同じように考えている気がする。

やがて、御殿に辿りつき、脇玄関から上がる。廊下をいくつも曲がった先にある広間に通された。

襖絵は山や川が大胆に描かれている水墨画で、小さな窓からはあまり陽射しが差し込まず、まるで山奥にいるような気分になる。

待つほどもなく、藩主、美濃守が入ってきた。四十五、六のうりざね顔、色白の細身で、何より佇まいに気品が溢れていた。

九郎兵衛の頭が自然と下がった。

「松永九郎兵衛」

「はっ」

「頭をあげよ」

九郎兵衛は言われた通りにして、改めて美濃守の顔を見た。

「急に呼び立てしてすまぬ。お紺の兄であるそなたに一目会いたいと思うてな。想像していた通りの好い男だ」

美濃守が嫌味のない言い方で詫びた。

「勿体ないお言葉にございます」

「そう畏まるでない。朋友の如く、酒が呑めたら」

美濃守は酒の支度をさせた。

すぐに女中がやってきて酒や肴が並べられた。肴といっても、あまり見たことのないようなものばかりであった。

すべて信州で獲れた川魚や野菜を使って作ったものであるという。

「我が藩は信濃の山間部で、水田が少ない。だから、粉ものが多い。あとは大豆も向いていて、それを使ったものもある。海がないので魚は少ない。鯉などはあるが、土地の者以外にはあまり好かれぬでな」

美濃守が一つひとつの皿を説明した。

「食べたことのないものばかりで、眼福でございます」

九郎兵衛は箸をつけた。

普段、質素なものを好む九郎兵衛には上等だった。箸を進めると、美濃守は顔をくしゃっとさせて喜び、誇らしそうな顔をした。

信州の山奥の小藩という割には、豊かに思えた。

話しているうちに、養蚕で潤っているとわかった。

他愛のない話が進み、

「それより、お紺に会いたいであろう」

と、美濃守が気を利かせた。

「体に障らなければ」

九郎兵衛は美濃守であれば、安心して妹を預けられると感じた。だから、会う必要はないとも考えていた。ただ、出産に向けて、体調を万全に整えてほしかった。

「遠慮するでない。お紺も会いたがっておる」

それから、美濃守が割田を呼びつけて、お紺を連れてくるように命じた。

「すぐに」

割田は広間から出ていく。

少しして、女中ふたりを従えたお紺が広間に入ってきた。屈強な九郎兵衛に似ず、華奢（きゃしゃ）な体である。

元より整った顔をしていたが、着ているものが上等なせいか、以前とは段違いに美しくなっていた。

「兄上」

お紺が嬉しそうに声をあげる。

「久しいな」

「はい、あれ以来でございますね」

お紺が遠い目をする。

「万事、鯰屋さんのおかげで」

心底、そう思っている顔をしていた。

「うむ」

九郎兵衛はただ頷いた。

いざ会ってみると、何を話してよいのかわからない。しかも、美濃守と割田がいる前である。

今は何をしているのか聞かれたが、権太夫から仕事を振ってもらっているとしか答えられなかった。

体に気を付けるようにと、文でも伝言でもよいから、時折様子が知りたい旨を告げた。

「兄上、ひとつお願いがございます」

「なんだ」

「これは正木家の為でございますが、私の為と思ってきいてください」

お紺は様子を窺うように、恐る恐る言った。

気遣いのお紺は、久しぶりに会ってお願いをするとは図々しいと感じているのであろう。幼い頃、一度もわがままを言ったことのない妹であった。むしろ、家族のことばかり考え、自身を犠牲にすることもあった。

これも、お紺からの頼みというよりも、美濃守がお紺に言わせているのであろう。

「わかった」

そんな妹の頼みなので、九郎兵衛は頷いた。

「割田三樹三郎という目付がおります」

お紺は、広間の下手の襖に近いところを見た。九郎兵衛も見る。そこに、先ほどの割田が座っている。割田は自身の名が出て、軽く会釈をした。

「先ほど、挨拶をした」

「その者が、これから兄上にお願いごとをすると思います。どうか、願いを聞き届けてくださいませ」

「どんなことだ」

「少し危険を伴うことのようです。しかし、兄上の剣の腕前であれば、万事うまくいくと思います」

お紺は詳しいことを聞かされていないのか、おおざっぱに言った。

「どうか。私を救ってくださった美濃守さまへの恩返しでもございます」

お紺は九郎兵衛の手を握った。

九郎兵衛は握り返して、頷いた。

「もうそろそろ。体に障るといけません」

付き添いの女中が言った。

それで、お紺は下がった。

「九郎兵衛」

美濃守が改めて、名を呼ぶ。

「気分を害さないでほしい。割田は前々からお主に目をつけていた」

「拙者に？」

「なんでも、お主の試合を見ていたそうだ」

どこでと、九郎兵衛は思ったが、思い当たる節がある。

ひと月ほど前に増上寺(ぞうじょうじ)で行われた剣術大会に審判として招かれたことがあった。むろん、鯰屋権太夫の推薦であった。

案外に大きな大会で、名だたる道場から若手の剣士たちが集まっていた。そのせいか、幕閣の重鎮までもが見学にくることになった。

最後まで勝ち残った男がいた。

桂蔵人(かつらくらんど)という武士であった。

その者と、九郎兵衛が試合をすることになった。たしか、近くに権太夫がいて、戦ってみたらどうかと促したのだ。

九郎兵衛は断ったものの、相手も九郎兵衛になら勝てると思ったのか、積極的に立ち合いを望んだ。

仕方なく、九郎兵衛は相手をした。

一本勝負で、すぐに決まった。

九郎兵衛は桂の胴を打ちぬいた。

「桂蔵人は我が家臣である。藩内でも、二番目か三番目に強い者だ」

美濃守が言った。

それと同時に、割田が膝を進めた。

九郎兵衛は体をそちらに向けて、聞く姿勢を整えた。

「絵師、若狭(わかさ)唐水(とうすい)先生という方がおる。六年前、幕府を風刺する絵を描いて三宅島(みやけじま)に島流しになった者だ」

割田が切り出した。

徳川家斉は将軍職を子息の家慶(いえよし)に継がせたが、隠居として未だ実権を握っている。

そのことを揶揄(やゆ)した絵なのか、尋ねてみたが、

「こじつけのようなものだ。家斉公は色々と問題があった」

と、子細は話してくれなかった。

割田は続けた。

「唐水は葛尾藩の京屋敷にいる」

「幕府に露見したら」

九郎兵衛は嫌な予感がした。面倒なことになりかねない。

そう思ったのも束の間、

「安心なされ。すでに、恩赦になっておる」

それから、美濃守が唐水の絵を大変気に入っているとも付け加えた。

御殿の広間に描かれた襖絵は、唐水のものだという。

「先生が江戸へ来るまでの護衛を頼みたい」

「それだけですか」

「そうだ」

「であれば、半月もあれば済む仕事ですな。難しいことはなさそうですが」

九郎兵衛は確かめた。

割田は頷く。

「ただの護衛で済む話でしたら、わざわざこのような場を設けなくても」

九郎兵衛は疑問に思った。

美濃守にも目を向ける。

「大切な客である。むやみやたらに護衛を付けるというわけにはいかない。それに
……」

美濃守は言いよどんだ。

「三樹三郎」

美濃守は割田の口から説明するように促した。

割田は咳(せき)払いしてから、

「唐水は京にある藩邸から、丸子宿(まりこしゆく)まで来ておる。しかし、丸子宿で付き添い人が殺された」

と、告げた。

殺された者は、藩で一番の剛腕だと言った。

だから、桂では太刀打ちできない。もっと腕の立つ者でなければ、任せられないということらしい。

「下手人はわかっているので？」

九郎兵衛はきく。

「まだだ」

「それも探れと？」

「いいや」

割田はその気はなさそうに、顎を軽く横に動かした。

「ただ、護衛するだけでよろしいのですな」

「左様」

「相手は斬り捨てて構わないですか」

「ああ」

「取り押さえ、口を割らなくても」

「好きにしてくれ」

「拙者が嵌められることはないでしょうな」

「ない」

割田は自信満々に言い、決まったとばかりに、懐から包みを取り出した。拳ほどの厚みがある。丸子宿に行くまでの費用だという。

九郎兵衛は金子に手を伸ばす前に、ひとつ尋ねた。

「妹に危害が及ぶことはございませんな」

「心配しなくてもよい。先ほどの姿を見たであろう」

「大切にされているようでしたが」

「聞くに、お紺さまは今まで散々な暮らしをしてきたそうではないか」

「それは……」

「松永殿を責めているわけではない。すまぬな」

割田は低い声で謝った。

九郎兵衛は金子を受け取り、懐に入れた。

「いつ出立すれば？」

「明日にでも」

「御意」

九郎兵衛は割田に頭を下げた。

それから、美濃守に酒と肴の礼を言った。

素早く腰を上げて、その場を立ち去った。

二

薄明の空は、鮮やかな藍色が大部分を占めていて、水平線が薄っすらと橙色に染まっていた。

　澄んだ空気に、風が生暖かい。

　前日は『鯰屋』の離れに泊まった。権太夫は相変わらず惚(とぼ)けたような顔をして、

「松永さまがお引き受けくださるとは、嬉しい限りでございます」と、何を考えているのかわからない笑みを浮かべた。

「そう仕向けたのは、お前さんであろう」

「はて」

　権太夫はわざとらしく、首を傾(かし)げた。

「それより、お約束した通り、妹御に会えたでしょう」

「どうして、隠していた」

「隠していたわけではありません。松永さまのお耳に余計なことを入れたくなかったのです」

「余計なことだと？」

「まだ他の任務があるときでしたから。でも、こうやって再会できたのですから、結構ではありませんか」

　権太夫は押しつけがましく微笑んだ。

　何を考えているのか、いつになっても掴めない。このまま、ずっと権太夫の言いなりになるのかと、不安になる。

「今回は、ただ唐水を江戸まで護衛すればよいのだな」

「今のところは」

　不穏な言い方であった。

「唐水は何を描いて捕まった？」

　九郎兵衛は、割田が教えてくれなかったことをきいた。

「当人にお聞きくださいませ」

　あらかじめ、口裏を合わせていたかのように、割田が話した以上のことは教えてくれなかった。

　ただひとつ、

「丸子まで早く到着してください。大体、三日くらいで」

　通常であれば、五日ほどかかる道のりである。だが、九郎兵衛の健脚ならできぬことはないだろうと決めつける。

九郎兵衛は江戸を発った。

一日目、平塚宿まで行った。十六里（約六十四キロメートル）以上は歩いた。

二日目は難所、箱根山を越えて、沼津宿まで来た。

そして三日目の夜四つ（午後十時）には、丸子宿に辿り着いた。江戸から四十五里（約百八十キロメートル）はある。

久しぶりに、これほどの距離を歩いたが、足の痛みはないどころか、疲れもさほど感じていなかった。

丸子宿に着いたら、まずは半子屋を訪ねるようにと受け取った金子の包み紙に書かれていた。また、その包み紙を九郎兵衛の印とするので、半子屋で取り次いでもらうときに見せるようにとも書かれていた。

半子屋は、この土地で獲れる自然薯（じねんじょ）を使った料理を振る舞う店であった。街道から少し脇に逸れるが、参勤交代の折に、大名が泊まる本陣のような立派な造りの建物であった。九郎兵衛は裏口から入り、家人を呼んだ。

すぐに、若い娘が出てきた。ここの女中らしい。

若狭唐水という名前は伏せるように言われている。

その代わりに、

「ハザマ先生」

と、言うように告げられていた。

若狭の狭という一文字からとって、ハザマと近しい者たちには呼ばれているらしい。

九郎兵衛は包み紙を女中に渡した。女中は嬉しそうにそれを懐に仕舞った。

女中は離れの小屋に連れていってくれた。

「ハザマ先生」

「どうされた」

女中が呼ぶと、明るい声が返ってくる。

「例のお方が」

すぐに、二十代半ばくらいの首の長い痩せ型の男が出てきた。細面で、目が大きく、鼻が高い。顔の造形のせいか、思慮深そうに見える。

もっと年上の人物だと、勝手に思っていた。六年前に島流しにあったとなれば、まだ二十歳そこそこだったのだろう。

「わざわざ、遠方より有難うございます」

にっこりと笑うと、愛嬌がある。

九郎兵衛は中に通された。

甘い香木の匂いが漂う、文机と簞笥だけのこぢんまりとしたところであった。

「若狭唐水とは、お前さんのことだな」

念のために、確かめる。

「左様にございます」

人の好さそうな様子で、悪人には思えなかった。

「他の方と同様、ハザマ先生と呼ばせていただく」

「はい」

「もう出る支度は整っているか」

「いつでも」

「なら」

「その前に少し」

「なんだ」

「私のことを話しておいた方がいいと思いまして」

唐水は懐から紙を取り出した。広げると、そこには小さく綺麗な文字で、びっしりと何やら書かれていた。

「それは？」

「松永さまがいらっしゃるとお聞きして、私の今までのことを書いておいたのです」

「俺はお前さんを護衛するように言われただけだ。ほかのことに口出しするつもりはない」

九郎兵衛は言い放った。

「松永九郎兵衛さま」

唐水が改まった口調で呼びかける。

じろりと見る。

「これから江戸に行く道中、私を狙う者がいるかもしれません。松永さまには、色々と話しておいた方がよろしいかと思います」

と、語り始めた。

若狭唐水は遠江国（とおとうみ）浜松城下で生まれ育った。
浜松といえば、老中の水野越前守忠邦（みずのえちぜんのかみただくに）が治める土地である。
越前守は元々唐津の藩主であったが、文化十四年（一八一七年）に浜松に転封となった。

唐水の父親は藩お抱えの医師、若狭為三郎（ためさぶろう）であった。為三郎は元々狂言師であったが、それだけでは食べていけなくなり、たまたま出会った杉田玄白（すぎたげんぱく）という蘭方医に弟子入りをした。京で医師をしていたそうだが、唐水が生まれるころに浜松藩で召し抱えられることになった。蘭学を懸命に学んだこともあったが、何より狂言師のときに身に付けた人を笑わせることに長けていたため、藩主の水野越前守忠邦に気に入られた。

そんな父親の下で育ったので、唐水は根が明るく、またしたいことはなんでもさせてもらうことができた。父親は医学の道に進むことを強制しなかった。十四歳の時、絵を描きたいと言ったら、その勉強のために京へ行けと言い、費用を捻出してくれた。

唐水は京に出て大和絵と水墨画を学んだ。

天保九年（一八三八年）には、懇意にしていた御用絵師からの推薦もあり、焼失した江戸城西丸御殿の再建に伴い、障壁画の制作に参加した。

いくら高名な絵師の推薦があったといえども、本来御用絵師ではなく、さらに知名度もない若い男に、共に障壁画の制作に参加した絵師からの視線は冷たいものであった。

それだけにとどまらず、筆が何者かによって折られたことや、自分が描いた箇所が汚されるなどの嫌がらせも頻発した。

ある時、幕府の役人が唐水の元にやってきて、

「お主はここにいてはいけぬ」

と、耳打ちした。

聞くところによると、唐水の担当していた障壁画に、先代将軍の徳川家斉と御用取次役として権威を振るっていた水野忠篤に悪意があるとも受け取れる絵が描かれていたという。

急なことに、唐水は斬りつけられたかのような衝撃を受け、唖然として、その場

に立ちつくした。

するると、その役人は続けて、

「早く、ここから去られよ。急ぐのだ」

と、促した。

だが、唐水の足は動かなかった。

そうこうしているうちに、他の役人が何人も集まってきて、「聞きたいことがある」と、唐水は身柄を捕らえられた。

調べは南町奉行の正木美濃守が受け持つことになった。今でこそ、一万八千石の大名であるが、当時はまだ八千石の旗本であった。

早くからその才能を買われて、出世の道を歩んでいるということは、唐水の耳にも届いていた。美濃守の治世が領民に好まれていることも耳に入っていた。

裁きも公正かつ公平に行われ、正直に話せば、わかってもらえるものだろうと、唐水は考えていた。

さらに父親がかつて美濃守の診察をしたこともあったらしい。

「お主の父のおかげで、救われた」

美濃守は取り調べが始まる前に、そんな話をしてくれた。

「わしが取り調べることになった故、心配には及ばず」

その後の取り調べも、罪人に対する態度ではなかった。

世間話をすることもあり、さらには父親からの文もこっそり渡してくれた。捕まったことを怒っているかと思いきや、何も悪いことはしていないと信じている旨が書かれていた。

思わず、目から涙がこぼれた。

「お主や家族のためにも、何とかしてみせよう」

美濃守は引き締まった声で告げた。

しかし、どうにもできなかったらしい。

「力不足であった。すまぬ」

美濃守は数日に及んだ取り調べの後に、そう言った。

結局は罪を得て、入牢する羽目になった。通常、大牢や二間牢と呼ばれる大部屋に他の囚人と一緒に収容されるが、唐水は揚座敷と呼ばれる独立した牢屋に入っていたという。揚座敷というのは、武士であっても身分の高い者でなければ入らない。

絵師であれば、なおさらのことだ。

もしかしたら、美濃守がそのように手配してくれたのかもしれない。唐水は密かに思った。

沙汰はすぐに下された。

三宅島に流罪。

島流しになったものの、想像していた暮らしよりもまともであった。島役人たちに傲慢な様子はなく、仲良くやっていけた。

画材も用意してもらい、唐水は絵を描き続けた。

島役人や島民たちに、唐水の才は認められ、依頼が来るようになった。

三宅島には、越中富山の薬売りがやってきた。

その薬売りが唐水の絵に興味を持ち、買って帰った。

すると、江戸や大坂などの都市で売れたそうだ。

島流しにあってから四年目の春、葛尾藩目付の割田三樹三郎が三宅島まで訪ねてきた。割田は美濃守が唐水は無実だということを知っていながらも、幕府の意向には逆らえず、苦渋の決断をして、島流しの沙汰を下したことを告げた。

「辛かったであろう。これは、我が殿から」

割田は金五十両を渡してくれた。

「こんなに」

唐水は突き返す。

「受け取れ。殿は悔いているのだ」

「されど、命を落とすことはありませんでした。もとより、諸国を放浪しながら、絵を描いておりましたから、ここに行きつくのも定めだったのやもしれませぬ」

唐水は持ち前の明るさで言った。

割田と話していると、不思議に自分の境遇は悪くないと思えてきた。

そもそも、島流しにならなければ、自分の絵が世間に流布することもなかっただろう。割田は力不足で申し訳ないともう一度言い、帰っていった。

それからひと月後。

割田は再び三宅島にやってきた。

「ハザマ先生、よい報せがあってのう」

割田は親しげな口調で、のんびりと言った。

何か描いてほしいと言われるだけだと思っていた。しかし、割田から出た言葉は意外なものであった。

「島を抜け出せるかもしれぬ」

突然のことに、唐水は唖然としてしまった。

「恩赦が下る」

「どうしてでございますか」

「我が殿が融通を利かせてくださった」

「そのようなことができるのでございますか」

「できる。半年ほど耐えてくれ」

割田は自信満々に言った。だが、詳しいことは話さない。唐水は武家のことには詳しくないので、いくら聞かされたとしても理解できなかっただろうが。

「そこで、我が藩に来ないか」

割田が誘った。

考える暇を与えず、割田は続けた。

「我が藩が今後の生活のことはすべて援助する故、来てもらえぬだろうか」

願ってもないことだ。

少し名が知られてきたとはいえ、今後も絵が売れ続けるとは限らない。いくら才能に溢れていても、暮らしが成り立たずに絵師を辞めた者を何人も知っている。

もとより、贅沢がしたいわけではない。

安定した暮らしが、さらに正木美濃守に仕えることができるのであれば、この上ない好条件であった。

背を押すように、

「実は先生の父上が、我が藩にいる」

と、割田は言った。

唐水が島流しにあっている間に、父為三郎は病気になったらしい。かつてのように働けず、浜松藩の藩医は辞めたというが、葛尾藩で何不自由のない生活をしているらしい。

葛尾藩で引き取ったというような言い方であった。

「また来月くる」

割田はそう言って、その時は帰った。

それから数日後、普段見かけない背の高い侍が、三宅島に滞在していた。その者は笠をかぶっているので顔がわからないが、唐水も道端で突然話しかけられた。名前を聞かれて、幕府に対して反抗的な絵を描いたのは本当かと尋ねてきた。唐水は急なことで、どのように答えていいのかわからず、ただ頷いてしまった。

すると、相手は堰を切ったかの如く、次々と質問をしてきた。

運よく、島役人が傍を通りかかり、侍は去っていった。

恩赦は三月十五日と告げられた。

その日の朝早く、雲一つない晴れ渡った青空で、早咲きの桜が散っている中、唐水は指定された浜で胸騒ぎを覚えながら船を待っていた。

やがて、一艘の小さな帆船が三宅島に辿り着いた。

船には、ふたり乗っていた。ひとりは唐水と同じ年頃の武士、もうひとりは水夫と見た。

武士は、

「割田次郎」

と、名乗った。

割田三樹三郎の甥だそうだ。

徒目付(かちめつけ)だという。

軽く挨拶を済ませると、

「さ、早くお乗りくださいませ」

次郎に手を引かれ、唐水は船に乗った。

櫓(ろ)は水夫と次郎で漕いだ。

春といっても、海に出ると肌寒い。次郎と水夫はもろ肌で、平然と櫓を漕ぎ続ける。追い風もあって、船は速く進んだ。

少しして、浜を振り返ってみると、世話になった島役人らしき姿があった。遠目にも、手を振っているのが見えた。

「何による恩赦なのでしょう」

唐水は気になって聞いた。

「先生は、そのような心配をする必要はありません」

「心配というより」

「ともかく、これから先生のお世話は私がいたしますので」

次郎は、にこりと笑った。

途中、漕ぎ手を代わろうと申し出たが、大したことはないと、ずっと次郎が漕ぎ続けた。帆先は伊豆沖に向かっていた。

二十里（約八十キロメートル）以上はあったが、夜には下田に到着した。

その後、すぐに葛尾へ向かった。

道中で、様々な話をした。次郎は歳が近いせいもあってか、なかなかに話しやすかった。また、どうしてここまでしてくれるのかと思うほど、親切であった。

「私にお気遣いなど、してくださらなくても」

「いいえ、先生ほどのお方が」

唐水は遠慮がちに言った。

「ただの絵師です」

「それは違います。気品が溢れている」

「ご冗談を」

「やはり、血は争えませんから」

「父にしろ、ただの医者です。元々は狂言師だったのです」

「そうですか。されど」

次郎は何か言いかけて、言葉を止めた。

気になりつつも、唐水は気の弱さから追及はしなかった。

数日かけて、葛尾に到着した。

参勤交代のため、藩主正木美濃守は江戸にいた。他の家来たちも少なかった。

唐水には城下にある長屋の一角があてがわれた。

荷を解かないうちに、次郎に連れられて、城内で為三郎と会うことになった。

いくら唐水のことを怒っていないという文を受け取っていたからといっても、いざ顔を合わせるときには、心苦しかった。

為三郎は大分老けていた。痩せたからかもしれない。

「生きている間に、お前ともう一度会えてよかった」

為三郎は冗談めかして言った。

「止(よ)してください。まるでこれが最後のような」

「すまぬ。せっかく会えたのにな」

「そうですよ」

「だが、そう長くはない」

為三郎は深刻な顔をして言った。

「ご病気だそうで？」

「医者の不養生という奴だ。自分の体には気を付けていなかったからな」

「もう手立てはないのですか」

「あっても、迷惑をかけるわけにはいかぬ」

「迷惑だなんて」

「すでに藩医には優秀な人物が他におる。わしがいなくてもいいのだ。それなのに、殿さまはわしの面倒を見てくださろうとしている。だから、隠居していたのだ」

「それだけ、殿さまが父上のことを必要としているのでしょう」

「いや、違う」

為三郎は何やら奥歯に物が挟まったような言い方をする。

何かを告げたいのだ。唐水は父の癖を思い出し、そう感じた。

「わしなど、藩にとってはこれっぽっちにもならない」

為三郎は親指と人差し指で、小さな隙間を作った。

「お前は葛尾にとって必要なのだ。これは疑いようもない」

急に意固地になったかのような目つきをした。

その日から、為三郎とは会えなかった期間を埋めるかの如く、毎日のように会って話をした。

決まって、

「お前は藩にとって大事な人物なのだ」

と、告げてきた。

何か深い意味があるのかもしれないと思いつつも、唐水は聞き出せなかった。

三

葛尾での暮らしは、半年余り続いた。父、為三郎とは一緒に暮らすようになった。割田次郎が女中をひとり用意してくれて、男ふたりの暮らしであったが、炊事や洗濯には困らなかった。

為三郎は人生の残りの時間を悟っているかの如く、唐水に様々なことを言いつけた。日に日に、物忘れや勘違いが激しくなり、何のことを言っているのかわからないことも多々あった。

「お前にはこんな暮らしは似合わない。いずれ、京に出て、公家たちと関わるように」

ある時、こう言われた。

「京に？　公家？」

唐水は確かに、絵の勉強で京にいた。しかし、公家などとは縁遠い暮らしをしていた。ただの戯言かとも思ったが、一度だけではなく、何度か同じようなことを聞かされた。

為三郎は元々狂言師だった。

その時に京で公家と交流があったのかとも思い、

「若い頃に、京で過ごされたのですか」

と、尋ねてみた。

「京にもいたし、加賀にもいた。江戸にも住んだ」

「狂言を辞めてしまったのは？」

「実力がないからだ」

「それで、医学の勉強をしたのですか」

「ああ」

「私に、その道に進んでほしいとは思いませんでしたか」

「全く。好きなことをして頂きたかった」

「して頂くなど、倅に使う言葉ではございません」

「そうだったな」

為三郎は苦い顔をした。

「私が絵師になりたいと言い出したときには？」

「江戸ではなく、京で学んでほしいと思ったものだ」

「そうだったので？」

今まで聞いたことがなかった。

「どうして、江戸ではなく、京なのですか」

「お前に似合うからだ」

「似合うというのは？」

「うまく言葉で伝えるのは難しい。京に行けば、お前と気が合う者がいると思ってな」

「どうでしょう。絵の勉強はたしかにできましたが、気が合う者と出会えたかというと……」

「それは、出会うべき者に出会っていなかったのだ」

「出会うべき者？」

「公家と交流しなさい」

「どうして公家なのですか」

「何度も言わせるな。お前には、そのような高貴な方々がお似合いだ」

為三郎は遠い目をして言った。

だが、唐水にはしっくり来なかった。それ以上確かめてみても、納得する答えが返ってくることはなかった。

やがて、葉が赤くなり始めた。

為三郎の病状が悪化した。

「お前を守ってやれないで申し訳ない」

これが、最後に唐水が聞いた父の言葉であった。

自分がいては、父もゆっくりできないだろうと、唐水は女中に何かあったら報せてくれるように頼んだ。

眠るように、穏やかな顔をして最期を迎えた。遺言などはなく、「唐水には迷惑をかけた。本来なら、もっと良い暮らしを送れるはずだったのにな」と、申し訳なさそうに話していたと女中が教えてくれた。

葬儀が終わってから、唐水は京へ行きたいと思った。生前、父があれほど言っていたので、京に行けば何かが変わるかもしれない。

次郎に告げると、それが聞き入れられた。

「先生が望むならどこへでも。できる限りの要望には応えるようにと仰せ付かっております」

次郎は言った。

「こんな私ごときに……」

唐水は不思議であった。そこまで自分を高く買ってくれている正木美濃守に対して、何か恩返しをしなければならないとも考えた。

「京には葛尾藩の屋敷もありますので、そちらに」

さっそく、唐水は京へ向かった。

その時には、次郎も付いてきた。唐水としては迷惑ではなかったが、わざわざ一絵師のために、そのようなことまでする必要はないと申し訳ない気持ちでいた。

何度も似たような会話が繰り返されたが、

「先生が安全に過ごせるようにでございます」

と、次郎は嫌な顔をせずに言った。

しかし、ここまで親切にされると、かえって自分の身が狙われているのではないかと不安になった。

京へ行く中山道の道中で、

「私は誰かに狙われているのですか」

と、軽い口調できいてみた。

すると、次郎はひやりとしたように、

「何か身の回りで異変がございましたか」

と、きいてきた。

「いえ。ただ、ずっと気になっているのですが」

ここまで付き添ってくれる意味を尋ねた。

「先生、三宅島に現れた侍を覚えていますか」

「侍？」

「背の高い奴です」

見慣れぬ侍に、突然声を掛けられたのを思い出した。幕府に反抗する絵を描いたのか、尋ねられたのだった。

「どうして、そのことを？」

「島役人から聞きました。先生はどうしてお話ししてくださらなかったのですか」

「それほど、大したことではないかと」

「いえ」

次郎はどこか鋭い目つきをした。

「もしや、あの者に狙われているのですか」

唐水はきいた。

「わかりません。ただ、江戸の葛尾藩上屋敷の近くで怪しい背の高い侍がこの半年の間に何度か現れていると報せを受けました」

「私を狙っているのだとしたら、何のために」

絵のことで、唐水を危険な人物だと考えているのだろうか。

次郎はその考えも捨てきれないと言いつつ、

「他にもあります。たとえば、先生を狙っているのではなく、先生を利用して、誰かを貶めようとしているのかも」

とも言った。

まるで、実際の理由をわかっているかのような口ぶりであった。

「私のせいで割田さまにもご迷惑がかかってしまうかもしれません」

「それはお構いなく」

「万が一のことがあれば」

「この割田次郎、葛尾では剣をとっては一番とも称されております。そう易々と負ける気はしません」

次郎の目には自信が満ちていた。

唐水はもしかしたら、命を落とすかもしれないと半ば覚悟を決めつつ、宿場町で遺書を書き残して、それを懐にしまい、京へ向かった。

結局、誰にも襲われなかった。

怪しい人影すら現れなかった。

それは、京屋敷にしばらく住んでいても同じであった。常に、次郎が唐水の護衛についていたからかもしれない。

次郎には為三郎が何度も言っていた「公家と交流せよ」ということを話した。次郎もそれについては、大いに賛同してくれた。

しかし、公家といっても皆が皆、裕福な暮らしをしているわけではなかった。江戸の御家人よりも貧しい暮らしをしている公家もいた。

京に来てからひと月ほどしたある時、三条大橋(さんじょうおおはし)のたもとで地面に枝で字を書いている女の子がいた。身なりは世辞にも好いものとは言えず、

「どうした？　おっ母(か)さんとはぐれたのか」

と、きいてみた。

「…………」

女の子は答えなかった。

それでも、その子が気になり、何度もきいたが、やはり無視された。

「耳が聞こえないのかな」

唐水がふと呟いたとき、

「わが身は姫じゃ」

女の子はたった一言、威厳がありながらもどこか寂しそうに言った。

その女の子が近衛将監(このえのしょうげん)、蓼科氏政(たてしなうじまさ)の娘だとわかった。

次郎に言わせれば、蓼科は気性の激しい人物という噂で、かつて京都所司代とももめたことがあったそうだ。

それだけでなく、よく幕府の役人とも問題を起こすという。

「おそらく、武士が嫌いなのでしょう」

「どういう理由で」

「このような貧しい暮らしは、徳川の治世だからと考えているようです」

公家の中でも、幕府を毛嫌いしている急先鋒(きゅうせんぽう)といったところだそうだ。

「よく取り潰しにならないものですね」

公家でも問題を起こすと、官位を取り上げられ、処罰されることになる。幕府には裁く権利がないので、関白が処罰を下すが、実質幕府の圧力がかかっているので幕府の意向と捉えられる。

　次郎はそう話したうえで、

「蓼科さまの妻が、内大臣松小路さまの娘ですから」

と、過激な言動があったとしても、余程の事件でも起こさない限り、罰せられないのではないかと踏んでいた。

　公家というのは本来天皇を示すもので、正確には公家衆という。天皇の下に、公家の統領である関白、太政大臣と左大臣、右大臣の三大臣がいる。その下にいるのが、内大臣である。

　それから二日後。

　唐水は、内大臣松小路公人の茶会に誘われた。そこには、公家衆たちが五、六名集まっているだけであった。

　もちろん、松小路とは初めて会った。今まで出会った公家衆の中でも、最も高位の人物である。

　松小路は唐水のことを知ってくれていた。唐水が流罪になったことや、美濃守の庇護を受けていることも承知の上であった。

それは、蓼科も同じであった。

「先生の絵には、はっとさせられることが多い」

蓼科は唐水をほめるように言った。

技巧ではない。

絵に込められた思想が、心を刺激するらしい。

「先生は、幕府のあり方をどう見られますか」

「私は何も……」

唐水が答えられないでいると、

「こんなところでは、誰が聞き耳を立てているかわかりませんよね」

蓼科は勝手に推測する。

松小路は何も言わなかった。

唐水は機会を見計らって、先日あったことをまず詫びた。

「蓼科さまの姫君に失礼なことをしてしまいました」

「なに、そのようなことを気になされるな」

思いのほか、蓼科は寛大だった。

拍子抜けしていると、それが他の公家たちにも伝わったようだ。

「すべて、徳川のせいでござろう」

誰かが冗談めかして言う。

唐水はそれからも、幕府の在り方についての意見を求められた。

ここに集まっている公家衆は皆、唐水の絵よりも、幕府に反抗しているという唐水の姿勢を買っているようであった。

ただ、松小路だけは唐水の絵に興味を持ってくれた以上に、人物そのものを気に入ってくれた。

その後も、茶会や歌会に招かれた。ひと月に五、六回は顔を合わせることもあった。

そのうちに、ふたりで碁を打つようにもなった。

話す事柄としては、幕府の在り方など、一切ない。

どのような絵を描きたいのか、これからどうしたいのかなど、様々なことを聞かれた。

「いずれ、江戸に出るのか」

そう問われたときには、

「まだ考えておりませんが、会いたい絵師は江戸に多くいます」

「そうか。なんなら、会わせてやろうか」

「えっ」

「声をかければ、来るだろう」

松小路は本気で言っていた。

「いえ、私のような若輩者が松小路さまを通して、高名な絵師を呼び立てるなどできません」

唐水は恐縮しながら断った。

「すまぬ。配慮が足りなかったのう」

松小路が頭を下げた。

「その代わりと言っては何だが」

それから、御文庫に連れていかれた。

御文庫とは、松小路家の宝物が保管されている場所のことである。

本来であれば、松小路家の者しか入ることが許されないという。

「そのような大それたことは」

「構わぬ」

「できません」

「よいと言っているではないか」

半ば強引に、松小路に連れていかれた。

そこには、松小路家に先祖代々受け継がれてきた平安期の絵巻物など、絵の参考になるようなものが山のようにあった。

ここでも、唐水はどうして自分はこのような贅沢なことをさせてもらえるのか不思議であった。

理由を尋ねてみると、松小路家には跡取りとなる子息がいない。ちょうど、唐水と同じ歳の男子がいたが、十六の歳に病で亡くなったという。

もし生きていたら、唐水のような者だと思うと、

「お主を養子に迎えたいものだ」

と、考えることもあるという。

「…………」

唐水は恐縮して、口が利けない。

「今までに養子を考えてきたが、誰一人として、好いと思う人物がいなかった」

「そう仰って頂けるのは有難いのですが、私の身分では」

唐水は遠まわしに断った。

しかし、松小路は真剣に考えだした。

「そこが頭を抱えるところだ。だが、お主の功績は素晴らしい」

「功績？」

大したことをしてきたつもりはない。

否定すると、

「そこがまた奥ゆかしいな」

と、松小路は笑っていた。

何か勘違いしているのだろうが、改めるような空気ではなかった。

「ただ、手立てはある」

まずはどこかの武家の養子になり、そこから正木家の養子、その次に松小路家の養子になれば多少の手間はかかるが、何も問題はないという。

「それは……」

唐水は曖昧な返事をした。

だが、何度か同じことを言われた。唐水は出自を考えると、とてもそのようなことを受け入れるわけにはいかなかった。

それでも、松小路は執拗にその話を唐水にしてきた。

唐水はどうしていいのかわからず、次郎に話した。

「先生はお受けになろうと思わないので？」

意外にも、次郎は養子になる利を説いてきた。

養子になれば、罪人から公家松小路家の次期当主という大出世を遂げることになる。官位の低い公家なら養子になることは勧められないが、松小路家ほどであれば金に困ることはない。絵を描くにあたっても、松小路家代々の貴重な資料があり、環境は整っている。

「しかし、それ故に責任も伴います」

唐水はそこを心配した。

公家としての立ち居振る舞いも知らなければ、ただの一絵師ではなくなり、行動や作画にも制限がなされると思った。

「葛尾藩のお抱えの絵師としても、大した給金ではございません」

「いえ、お抱えというだけでも」

「先生は、本来そこに甘んじているような御方ではないのです」

脳裏に、生前の父の言葉が思い出された。

言葉は違うが、どことなく意味合いは同じように思えた。

「私に何があるのでございますか」

唐水は尋ねてから、

「いえ、私にどうしろと仰るのですか」

と、言い直した。

次郎は言いにくそうな顔をする。

「元より、殿さまには感謝しております。しかし、父からは京へ行き、公家と関われと言われ、松小路さまに気に入られました。そして、養子に迎えたいなどとは、どうも話がうまく進みすぎているのではないでしょうか」

唐水は言葉にして初めて、自身の考えがまとまった。

次郎の目をじっと見た。次郎は見透かされたと悟ったかのように、真顔で頷いた。

「如何（いかが）ですか」

日頃、強くでることのできない唐水にしては珍しく、ぐいぐいと押した。

次郎は慎重に言葉を選びながら、

「ハザマ先生が養子の話をお受けになってくださるものだと思っております」

と、言った。

四

京に来てから一年が経った。

公家衆から依頼されて制作した屛風や襖、掛け軸などは全て含めて二十点にも及んだ。その金はすべて、唐水の元に入った。常に傍で付き添ってくれている次郎に、「私だけがこんなに頂いて」と遠慮気味に言うと、「先生の作品です。お気になさらないでください」と、笑顔で返された。

「しかし、私は美濃守さまにもお仕えしております。葛尾での仕事があるのかと思いきや、それは他の絵師にさせて、私には様々な公家衆たちからの仕事を許してくださいます。これでは、美濃守さまが私を召し抱えている意味がないのではありませんか」

無罪にできなかった罪滅ぼしとしか考えられない。

京にまで連れてきてもらい、今まで何不自由ない暮らしをさせてもらっただけで十分だ。

「美濃守さまにお仕えしているのであれば、もっと葛尾藩の仕事を頂くか、もう解任して頂きたくございます」

唐水は伝えた。

解任されては困るが、このままでは申し訳ない気持ちが勝る。

次郎には意外だったのか、

「私の一存では決められませぬ。しかし、そこまでお気を使うことはなかろうかと」

「それはそちらとて」

「殿さまが、ハザマ先生に気を使われていると?」

「そうとしか考えられませぬ」

唐水は言い切った。

それからひと月が過ぎて、正木美濃守が京へ来ることになった。京都所司代に用があるとのことであったが、その合間に、松小路家の養子の件で話がしたいと言われた。

場所は松小路屋敷。

ひっそりと奥まった一室で、上座に松小路が座り、下座には美濃守と唐水が横に並んだ。唐水は美濃守よりも下がって座ろうとしたが、それでは話がしにくいとふたりが諌めた。

「さて、前々より話はしておるが」

松小路は出し抜けに養子の話をした。

まるで、美濃守には何度もこの件について話しているとばかりに詳細を省きながら、要点だけを伝えた上で、

「もう長くはない命。これから、新たに男子を儲けることはできぬであろう。養子にしても、わしが気に入る者は若狭唐水。お主しかおらぬ」

と、厳粛な口調で言った。

横目で美濃守を見ると、静かに頷き、

「早く腹を決めたらどうだ」

と、優しく促す。

「ですが、どうしても腑に落ちないことが」

どうして、自分なのか。

それに尽きる。

「絵の才能、物腰の柔らかさ、なによりこの先を見通す目を持っている。天保になってから飢饉が起こり、異国との付き合い方も変わってきておる。松小路家には、まさにお主のような者が必要だ」

松小路はいつもながら、真剣な眼差しで言った。

「ただの絵師でございます。しかも、一度島流しにあった」

「それは、無実の罪をなすりつけられただけであろう」

「そうでございますが」

唐水が返す言葉に困っていると、

「この通りだ」

　と、美濃守が頭を下げた。

「そのようなことは止してくださいませ」

　唐水は慌てて、頭を上げてもらおうとした。

　その時、松小路がふと漏らした。

「美濃守殿、本当のことを告げてもよいのではないか」

「左様でございますな」

　ふたりは何やら目くばせをした。

　やがて、松小路が改まった口調で、

「お主に目をつけたのには、他にも訳がある。お主は、わしの落とし胤だ」

　と、複雑な顔をして言った。

　あまりのことに、唐水はすぐに理解できなかった。

「若狭為三郎から聞いておらぬか」

「いえ」

　唐水は首を横に振った。

美濃守が補足するように、「松小路さまは先生を捨てたのではない」と、言った。

二十数年前、松小路がまだ武家伝奏であった頃、江戸で将軍徳川家斉の側室と密通に及び、男子が生まれた。これに、家斉が怒り、その男子を斬り捨てろという命が出された。あまりに不憫に思った家臣が、その子をこっそりと連れ出し、医者の若狭為三郎が拾って育てたという。

「では、私の母というのは？」

唐水は松小路に尋ねた。

松小路は美濃守を見る。美濃守は、松小路の代わりに答えた。

「家斉さまの側室であり、わしの異母姉にあたる阿久利（あぐり）だ」

「いまは？」

「出家し千恩院（ちおんいん）と号して、上屋敷にいる」

美濃守は言った。

この時、すべての辻褄（つじつま）が合った気がした。

今まで親切に取り計らってくれた理由がはっきりとした。

「その話、本当にございますね」

唐水は確かめた。

疑っているわけではなく、急なことに驚いているだけであった。

「嘘ではない。わしも最近までは知らなかったが、正木が家臣、割田三樹三郎という者がしっかりと調べておる」

松小路がそう答えた瞬間、自分は松小路家の跡取りになっても構わないという自覚が芽生えた。

血筋からしても、松小路の跡取りとして申し分ない。だが、唐水が落胤だということを公表できないので、養子縁組をするしかないという。

その手段として、正木家の養子となることだ。今や、正木家は旗本ではなく、一万八千石の大名である。さらに、寺社奉行という三奉行のなかでも筆頭格である。役職にも就いている。寺社奉行に任ぜられた者は、大坂城代や京都所司代といった重役に就き、老中まで昇り詰めることもある。正木家の養子を経る必要があるとされた。

手続きは江戸で行う。

そのため、唐水は江戸へ移動する必要があった。

この機に、数年は江戸で暮らすことになるだろうと、美濃守は言った。

美濃守が京を離れてから五日後。唐水も江戸に向かうことが決まった。

京を出立する前夜、次郎が重々しい口調で告げた。

「今までお話ししていませんでしたが、少しでもハザマ先生の周辺に怪しい人物がいると徹底的に調べておりました」

「では、誰か怪しい者が？」

「裏が取れてからお話ししようと思っていましたが」

次郎はそう前置きをしてから、

「本田歳月（ほんださいげつ）という十津川（とつがわ）郷士です。かなり剣の腕は立つようで、何をしようとしているのか探っているところです」

と、答えた。

大和国十津川郷は、天正（てんしょう）十五年（一五八七年）の太閤検地のときに郷中一千石が年貢赦免地の特権となり、徳川幕府になっても受け継がれ、農民でありながら武士の待遇を受けていた。

おそらく、三宅島に出入りしていたのも、この侍だという。

だが、それ以外の詳細はわからないそうだ。

翌日、唐水は次郎と共に、京から江戸に向けて、東海道を進んだ。

唐水がそこまで話すと、九郎兵衛は口を開いた。

「ということは、途中で殺された者というのは」

「割田次郎さまでございます」

唐水は沈んだ声で言った。

目付、割田三樹三郎の甥である。身内が殺されたのに、割田が平然としていたことが妙に不気味に思えてきた。

「どのように殺されたのだ」

九郎兵衛はきいた。

「丸子宿では、元々脇本陣に宿泊するつもりでした。この宿の脇本陣は、普段であれば、大名以外にも泊まれることになっているそうで。そこに泊まった日の夜、遅くまで酒を呑んでいると、外で物音がしました。それを聞いて、次郎さまが急に立ち上がり、外の様子を見に行きました。しばらく経っても帰って来ないと思ったら、脇本陣の主人がやってきて、次郎さまが暗がりで何者かに殺されていたことを告げてきました。それから、私の命も狙っているのかもしれないと言い、裏口から半子屋まで逃がしてくれました」

そのまま、十日近く、半子屋にいる。

外に出ると襲われるかもしれないので、唐水は閉じこもっているそうだ。そして、江戸の上屋敷まで遣いを出すと、護衛に誰かを送るとの返事があったという。

見事な手際だ。

割田は権太夫に相談したのであろう。そして、権太夫は九郎兵衛を遣わせた。

懸念があった。

本田歳月。

この男を九郎兵衛は知っている。忘れるはずもなかった。今まで剣を交えたなかで、数少ない負けた相手だ。

最後に九郎兵衛が負けた相手といってもいい。

まだ丸亀藩(まるがめ)に仕官していた時である。そのことは思い出したくもなかった。

「すぐにでも発つぞ」

九郎兵衛は促した。

「松永さまはまだ到着したばかりでは」

　唐水が心配そうな声を出す。

「先生を狙っている者が、この丸子に潜んでいるかもしれない。俺がここにやって来たことを気づかれる前に出立する方がいい」

「暗闇の中を歩くというのは危険では？」

「相手を油断させるためだ。野良犬だろうと、追剝（おいはぎ）だろうと、俺がついているからには動じることはない」

　九郎兵衛は言い放った。

「はい」

　唐水は腰を上げた。

　闇夜に紛れて、丸子宿を抜け出した。

五

　唐水は意外にも健脚だった。丸子まで来る九郎兵衛の速度ほどではないが、一日に十三里（約五十二キロメートル）ほどは進んだ。

「疲れていないか」

九郎兵衛は所々できいたが、

「十日ほど外に出ていなかったのです。その分、体を動かしたくて、うずうずしておりました」

と、余裕な顔で答える。

三日目の夜、ふたりは神奈川宿に到着した。

海が見下ろせる眺望は、この土地の名所らしい。十返舎一九の東海道中膝栗毛にもその様子が記載されていたり、葛飾北斎の富嶽三十六景、神奈川沖浪裏でも大波が寄せる様子が描かれている。

風もないということもあってか、波は立っていなかった。

「今日はここに泊まろうか」

九郎兵衛は言った。

ここを出れば、江戸までは川崎、品川の二宿のみだ。早朝に出立すれば、明日の昼までには神田淡路町の上屋敷に到着するだろう。

ここまでの道中、危険なことはなかった。

「どこかよさそうな所を探しましょう」

唐水は徐々に警戒心を解いていた。

しばらく宿を探していると、九郎兵衛は背中に視線を感じた。

当然、足を止めた。

「どうされました」

唐水がきく。

何も答えずとも、すぐに何を言わんとしているのか通じた。

人通りはない。

「合図をしたら、近くの建物に背中を付けて、動かぬように」

九郎兵衛は小声で指示した。

唐水は黙って頷く。

暗闇だが、九郎兵衛は目が利く。耳も敏感だ。

察するに、相手は三人。

動きが素早い。息を殺している。

九郎兵衛はまだ愛刀三日月(みかづき)を抜かなかった。

柄(つか)にすら手をかけない。

やがて、雲が流れ、月明かりが消える。

「来る」

九郎兵衛は、合図を出した。

「はっ」

唐水が従った。

途端に、三方から九郎兵衛を目掛けて飛び掛かってきた。

九郎兵衛は三日月を抜き、振り返った。

左に横一文字、続けて、振り子のように右方の敵に斬撃する。

ふたり倒した。

残りはひとり。その者は急に気配を消した。

九郎兵衛はじりじりと下がり、唐水が寄りかかっている方へ行く。

「無事か」

「お蔭(かげ)さまで」

「うむ」

九郎兵衛は、しばらく防御の構えで、相手が踏み込んでくるのを待った。

どこにも気配はない。

夜空を見上げた。

月を覆っていた雲が退き始めた。

明かりが路上のふたつの死体を照らす。どちらも、反りがない、小さめの刀を手にしている。

「これも、歳月の手の者でしょうか」

「いや」

九郎兵衛は首を捻(ひね)った。

殺されたふたりが、武士ではないことは明らかだ。もうひとりも身のこなし、それに刀捌(さば)きからしても武士とは思えない。

「歳月とは別者かもしれぬな」

九郎兵衛が見渡していると、少し離れた草むらに動きがあった。

素早い動きで、何者かが離れていった。

「去った」

九郎兵衛は言う。

「しかし、潜んでいるやも」

「そうだな。今日は寝ずに歩き続けられるか」

「ええ」

唐水はこの状況に興奮しているかのように、声を弾ませて答えた。

九郎兵衛は死体の持ち物を検めた。身元がわかりそうなものはないが、三尺(さんじゃく)手拭を取り、自身の懐にしまった。

手拭からはほんのりと甘い香りがする。

おそらく、蘇芳(すおう)が使われているはずだ。蘇芳は生薬として用いられ、蘇芳木(すおうぎ)や蘇木(そぼく)とも呼ばれるが、破血、止痛、排膿、通経、疎風、活血の効能がある。傷口を覆う包帯に使ったり、水を濾過して飲んだりするために蘇芳を用いているのであろう。

忍びか、そうでないにしても、まだ闇夜に紛れて、襲ってくるかもしれない。

警戒しながら、ふたりは夜通し歩いた。

おかげで、朝方には品川に差し掛かった。品川の海が朝の陽ざしに照らされてきらきらと揺れている。

「疲れていないか」

九郎兵衛は気遣った。

さすがに、目の下に隈(くま)が浮かんでいた。

「これくらい」

唐水は声ばかりは明るく答える。

腰掛茶屋で少し休んでから、再び歩き出した。朝の品川宿は人通りが多かった。

高輪の大木戸で、門番が目を光らせているが怪しまれることはなかった。

「久しぶりの江戸でございます」

唐水は目を輝かせていた。

「江戸に住んだことは？」

「ございませんが、江戸城西丸御殿の再建の際に江戸に出てきました。そのとき、葛飾北斎先生を訪ねました。結局は会えずじまいだったのですけど」

「今回は会えるといいな」

九郎兵衛は何気なく言った。

「どうでしょう。このようなことがありましたから、ずっと上屋敷に閉じ込められるかもしれません」

唐水は苦笑いする。

「それは、ないだろう」

「わかりません」

「それにしても、先生を陥れた者は驚くであろうな。まさか、松小路家の次期当主になろうとは」

「妬まれるかもしれません」

「だが、今度は手出しはできない」

九郎兵衛がそう言ったとき、唐水がはっとした。

「どうした」

「私を狙ったのは、もしかしたら私を陥れた者なのでしょうか。過去のことが露見すると、いけないので」

「それはあるまい。ただの絵師に、そのような殺しはできまい」

「ですので、十津川郷士の本田歳月という者を雇ったというのは考えられませんか」

「ない」

九郎兵衛は斬り捨てるように言った。

唐水の目をしっかり見ながら、続けた。

「絵師にそのようなことはできまい」

「私を陥れたのは、絵師だけとも限りません。悪意があると疑っている水野忠篤さまということも」

「わざわざ殺すのか」

「身を守るためならば」

「そうだとしても、そもそもなぜその者がお前さんを陥れるのだ」

「それは……」

「理由がない」

九郎兵衛はきっぱりと言った。もしかしたら、何かしらの理由は探せばあるかもしれないと思っていた。しかし、それを考えたくない気持ちがあった。

自分はあくまでも、江戸まで唐水を送り届けるだけなのだ。

これ以上関わらないのであれば、聞く必要はない。

「何にしても、先生にはきっと人を惹きつける魅力があるのだろう。その上、このように養子の話が決まったとなれば、周囲からは妬まれるであろうな」

九郎兵衛は話題を変えた。

「松永さまはそう思っていないのでしょう?」

唐水がきく。

「すまぬな」

「いえ、私も松永さまとは同じ考えでございますから」

唐水はさらっと笑った。

「内大臣まで、養子に欲しいというほどだ。俺にわからないだけだ」

「そこがどうも」

「すでに理由は聞かされているではないか」

「まだ納得しきれない部分もあるといいますか」

唐水は小さく言う。

さらに、続けた。

「割田さまが初めて三宅島にお越しになった日。あの方の目は何かを見据えているようでした。いま振り返ってみれば、松小路家の養子のことまで全て考えていたとしてもおかしくはないと思います」

「そうかもしれぬ」

「松永さまのお考えは？」

九郎兵衛はきかれると思っていなかった。

適当に誤魔化そうとしたが、唐水が突っ込んできいてきた。

「気を悪くせず聞いてもらいたいのだが」

九郎兵衛は前置きをしてから、

「美濃守さまはお主を使うことによって、うまく利用しようとしているのではないか」

「利用？」

「言い方は悪いが、松小路家をうまく操れると考えているのかもしれない。なにせ、六千石の旗本から三倍の一万八千石の大名にまで成り上がった御方だ」

「しかし、美濃守さまがそのような御方には思えません」

「俺もそう思うが」

人は見た目ではわからない。出世する者ほど、したたかだ。物腰が柔らかく見えて、とんだ食わせ者ということもある。

鯰屋権太夫がそのいい例だ。

「あの美濃守さまに限って、それはないと思います」

唐水は、もう一度言った。

「ならば、家臣はどうだ。割田三樹三郎殿などが画策していて、美濃守さまがうまく乗せられているということも考えられなくはない」

「それは……」

納得できると思ったらしい。

唐水の顎が、軽く下を向いた。

「藩主が三倍の石高になれば、単純に考えれば家臣も三倍の石高になるのだ。暮らしがよくなるのは必然だ。しかも、その藩主がさらに出世して、石高が増えれば、家臣の暮らしもさらによくなる」

だから、家臣たちが画策していることは十分に考えられる。もし、自身がその立場であれば、奔走するやもしれぬ、と九郎兵衛は付け加えた。

「万が一、それが真実だとなったときにはどうするのだ」

九郎兵衛はきいた。

唐水は少し考えてから、

「私にとってはそんなことはどうでもよいのです。ただ、助けていただいた御恩がありますから、今はそれに応えるだけ」

と、静かに言った。

「いいように利用されるだけでは癪に障らないか」

「考えぬように」

唐水は苦笑いした。

「そうか」

九郎兵衛は頷いた。

ふと自分の境遇と唐水の境遇とを重ねた。九郎兵衛も権太夫に助け出されたものの、どんな企みがあるのかわからない。

唐水も同じだ。

「ところで」

唐水は話題を変えた。たいした話ではない。

四方山話をしているうちに、神田淡路町の上屋敷に辿り着いた。

大名屋敷の塀の内側からは、杉が何本も伸びていた。その葉が陽を受けながら、透き通るように伸びている。

唐水の目は、ここからが新しい一歩だとばかりに輝きながらも、一抹の不安が表れているようでもあった。

門番はすぐに九郎兵衛に気が付き、一言も話さずとも、通してくれた。

茶室風の小屋に連れていかれた。

割田がやって来て、人の好さそうな笑みを浮かべる。

(甥が殺されたというのに)

やはり、この男を不気味に思う。

無理して明るく振る舞っているにしても、親族が殺されたことを何とも思わないにしても、気持ちがわからない。

「お久しゅうございます」

唐水が頭を下げ、

「諸々の手配、有難うございます」

と、言った。

「いやいや、ハザマ先生が無事に江戸まで来られて本当によかった」

割田は嬉しそうに何度も頷き、頭を上げるように言った。それから、九郎兵衛に礼をするように手をかざした。

「色々と聞きたいことがあるが」

割田は鼻を啜った。

目を細め、

「血の臭いがするな」

と、薄い唇を歪ませた。

唐水は、はっとしたように九郎兵衛を見た。

「襲われたのだな」

割田が確かめる。

「ええ」

九郎兵衛は短く答えた。

本当に、血の臭いを感じたのか。それとも、襲われたと踏んで、鎌をかけたのか。

じっとりとした目で見られるのが、何よりも不気味に感じた。

「どこで襲われた」

割田が、九郎兵衛にきく。

「神奈川宿です」

「敵は？」

「三人いて、ふたりを返り討ちにしましたが」

「ひとりは逃げたのだな」

割田は考えだした。顔が強張っている。このような顔も見せるのかと思っている
と、すぐに表情を戻した。

「十津川郷士。本田歳月ではないかと」

九郎兵衛は三尺手拭を差し出した。

返り血で染まったわけではなく、元より赤黒い色であった。

　割田は手に取り、

「この肌ざわりからして、悪い代物ではない。かといって、上等な品ではない。忍びのなかでも、そこそこの者だな」

　と、独り言のように呟いた。

「忍びと決めつけられますかな」

「このようなものを使うのは」

「随分と忍びに詳しいようですな」

「何が言いたい」

「すでに、誰が襲ったのか察しているのではないかと」

　九郎兵衛は言った。

　割田は手拭を置いてから、九郎兵衛を改めて見た。

「それであれば、苦労はしない。それに……」

　続けようとしたときに、

「あの」

と、唐水が恐る恐る声をかけた。

「うむ」

割田が顎先を向ける。

「誰が狙っているのか見当がついていなかったとしても、私はどうして狙われているのですか」

唐水が身を乗り出した。声が僅かに震えていた。

「まだわからぬ」

割田はどっちつかずの顔をした。

その直後、割田は横目で九郎兵衛をちらりと見た。一瞬であるが、棘（とげ）のあるような目つきになった。

まるで、お前には関わりのないことであるから詮索するなと、言いつけるようにも感じ取れた。

瞬時に、割田は人の好さそうな顔に戻る。

「ともかく、先生が無事に江戸に来ることができてよかった。しばらくは上屋敷から離れたところで暮らしてもらう」

割田は唐水に言いつけ、続いて九郎兵衛にも顔を向けた。

「ハザマ先生に神田小川町にある大珠寺の離れを宛がう。あとのことは、向こうの住職にきくがよい。しばらくはここに来るのを控えて頂きたい。何かあれば、寺の者に言付けをして、取り次ぐように」

割田は告げた。

それから、家来を呼んだ。

その家来が大珠寺へ連れていってくれるという。

なぜ上屋敷ではないのだ。寺に泊まるより、こちらの方が安全なはずだ。そもそも襲われた後なのだ。

考えられるとしたら、ふたつ。

ひとつは、唐水が上屋敷にいることが知られてはいけないということ。屋敷には家来だけではなく、女中や奉公人、さらには渡り中間など、主君に忠義を尽くしている者だけがいるわけではない。その者たちから、唐水のことが漏れるのを懸念しているのかもしれない。

もうひとつは、逆に上屋敷の方が危険という場合だ。誰とはわからぬが、裏切り者がいて、その者に寝首をかかれると思っているのかもしれない。

いずれにせよ、割田は口にしないだけで、大珠寺に預けるのは深い考えがあってのことだろう。

家来と唐水は去ったが、九郎兵衛は残された。

割田は厚みのある袱紗（ふくさ）を九郎兵衛の前に置いた。

「さて」

ここからが本題だとばかりに、膝を詰めた。

「ハザマ先生が松小路さまの養子となる話が決まったものの、反対する一派がいる」

「それが、今回襲ってきた者たちで？」

「おそらく」

反対する理由は、松小路家と関わりを持つことにより、幕府を刺激しかねないというものだ。それというのも、度々幕府に対して過激な言動をすることで知られる蓼科氏政の処遇を巡り、松小路公人は一部の老中たちから目をつけられているという。

いま出世街道をまっしぐらに進む正木美濃守忠次にとっては、いくら内大臣であるとはいえ、松小路家との関係を強化することは控えるべきだという主張のようだ。

「しかし、その主張は眉唾ものであるがな」

割田は自分で言っておいて、即座に否定した。

「建前はいいので、真実をお聞かせ願いましょう」

九郎兵衛は問う。

「元々、藩は二分しておる。我が藩は代々藩主が優秀な故に、無能な家老が多い」

まるで、すべてをわかっているような口ぶりで、どこか鯰屋権太夫に似ているところがある。

それに、この男は一度もそんな素振りは見せていないが、どこかしら金の匂いがする。そして、屈託のない笑顔とは裏腹に、時折見せる冷たい表情が、非情な性格に感じさせた。

「そこで、大きな影響を与えているのが剣術指南役の武内春高（たけうちはるたか）という者だ」

割田の声が低くなった。

その名を、九郎兵衛は知っていた。

剣豪として、名を轟かせている。数々の剣術大会で優勝するほどの実力である。五年前から、葛尾藩の剣術指南役として、九段の道場から月に五、六度は教えにきているという。

春高は武術だけでなく、学問にも秀でている。

人心掌握にも長けていて、言葉巧みに味方を増やしていると、割田は嫌味っぽく言った。葛尾藩の江戸藩邸には武内を慕う者がそれなりにおり、なかなかに無視できないという。

「武内春高派が実権を握ると、藩が立ち行かなくなる。なにせ、あの者は考えが古い。武士道などというものに縛られ、藩の財政などを考えぬ不届き者である」

割田は憎んでいるように言う。

「それで、拙者にどうしろと」

九郎兵衛はきいた。

暗殺せよ、と言われることも覚悟した。その時には、断るつもりでもあった。悪人しか斬らないことを決めているからだ。

「武内殿の力を削ぎ落としてもらいたい」

低い声だった。

「削ぎ落とすというのは」

九郎兵衛はきき返した。

「手っ取り早いのは、道場破りをしていただくこと。そうすれば、離れていく門下生も多いことだろう」

割田は言った。

所謂（いわゆる）、道場破りと言われる他流試合は何度か行ったことがある。受けてたつ方が負ければ権威が失墜することもある。また、挑戦する者が負けた場合には、半殺しの目に遭うこともある。

負けるとは思っていない。

「考えさせてください」

九郎兵衛は答えた。

「そうだ、ひとつ言っておかねばならぬことがある」

「なんでしょう」

「噂であるが、数年前、本田歳月が武内春高の道場にいたらしい。もしかしたら、今も繋がっているのかもしれぬ」

まるで、今回の件で歳月が唐水を狙っている裏に、武内春高がいると言わんばかりである。

「調べてみます」

最後に、武内春高は九段で国士塾という私塾を開いていると付け加えられた。

第二章　宿敵

一

霧で辺りが見えない。
地面すら確かではない。雲の上に立っているような感覚であった。
大きな男が立っている。
はじめはぼやけていた顔が、徐々に鮮明になる。右の頬に刀傷がある。
男が少し離れたところで刀を構えている。九郎兵衛も腰から愛刀三日月を抜いた。
その次の瞬間、男が急に目の前に現れた。
刀が振り下ろされる。九郎兵衛の首に当たった。
血が吹き出し、首が宙に飛んだ。
そこで九郎兵衛は目覚めた。

夢と知っていれば、もっと早く目覚めた。

珍しく冷や汗をかいた。

八年前、あの時の様子が鮮明に脳裏に蘇った。

丸亀城下の道場。

九郎兵衛は藩の剣術指南役の助勤として、自ら剣術を教えることも多々あった。稽古をつけていると、突然道場を訪ねてくるものがあった。九郎兵衛よりも五歳くらい年上に見えた。

背が高く、がたいがいい。冷酷そうな目に、人を見下したような先の尖った鼻。なにより太々しい。

男は入ってくるや否や、「道場破りである」と言った。突然のことに、そこにいた者たちは、唖然としていた。地獄耳を持つ九郎兵衛には男の声は聞こえていたが、もしかしたら稽古の掛け声で他の者には聞こえなかったのかもしれない。

誰ひとりとして男を相手にしない。

そこで、男は不機嫌になったらしい。

近くにいた十五、六歳の門下生を突然木刀で殴り出した。

その瞬間、数人の門下生たちが男を取り囲んだ。

「まとめてかかって来い」

男は余裕ぶって言う。

ひとりがその言葉に触発され、向かっていこうとした。

「待て」

九郎兵衛が止めた。

九郎兵衛は歩み出る。男の前に立つと、背の高い相手を少し見上げるように睨み合った。

「道場破りか」

九郎兵衛は独り言のように呟いた。

「ここに、松永九郎兵衛という達人がいると聞いてきた」

男の言葉に尊敬の念などこもっていなかった。ただ強い相手と戦いたい。そんな挑戦に受け取れた。

「俺がその松永九郎兵衛」

九郎兵衛が答える。

「ほう」

男は九郎兵衛を、頭のてっぺんから、足の先まで舐めるように見た。

既に見下すような目つきであった。

口元が僅かに、「勝った」と、動いたように見えた。

「貴殿の名は」

九郎兵衛がきいた。

「本田歳月」

男は吐き捨てるように言った。聞いたことのない名前だ。少なくとも、この土地の者ではない。

「勝負するか」

九郎兵衛は言った。途端に、近くにいた門下生が、「このような失礼な輩は、松永殿がお相手するまでもなかろう」と、進み出た。

彼はそこそこの腕前であった。九郎兵衛と同じ歳で、藩内の剣術大会でも五本の指に入るほどの実力だ。

歳月とその門下生が試合をすることになった。

防具はつけない。竹刀ではなく、木刀でやる。

歳月がつけてきた条件であった。門下生は九郎兵衛に顔を向けて確認する。

「お主がよければ」

九郎兵衛は答えた。

「受けてたちましょう」

同輩は木刀で、歳月と向かい合った。

一本勝負。

歳月は不満そうに、まともに構えようとしない。

だが、勝負はすぐに決まった。

歳月は目にも止まらぬ速さで、門下生を仕留めた。

油断していたので、見過ごしていた。同輩はすぐに他の門下生の肩を借り、道場の隅の方に移動した。

痛そうに呻く声が聞こえる。

膝頭から向こう脛をやられたらしい。赤く腫れていた。まさか、誰も膝を狙ってくるとは思わない。素早さといい、力強さといい、群を抜いている。だが、それに加えて狡さもある。

「だから言った」

歳月は早くやるぞとばかりに、九郎兵衛を見る。

九郎兵衛は門下生が落とした木刀を拾い、歳月の前に出た。

「どこの流派のものである」

「我流だ」

「姑息な技を多く持っていそうだな」

「勝負する前から、負けたときの言い訳を考えているのか」

歳月が嘲る。

(勝手に言っていろ)

九郎兵衛は言葉にしなかったが、代わりに睨みつけた。歳月は同輩とやり合う時と目つきが、がらりと変わった。

構えも中途半端なものではない。

どこから噂を聞きつけてきたのか、道場には門下生以外にも人が集まって来た。

それほど大きくない道場に、ざっと百五十人は集まった。

九郎兵衛は城下随一の剣豪として知られている。相手の者は誰なのだと、こそこそと話し合っている声が四方から聞こえてきた。

九郎兵衛は相手の動きが読めないので、構えて待つことにした。

だが、それが間違いだった。

歳月が切っ先を上げたので踏み込んでくると睨んだ。

防御の構えをする。

次の瞬間、歳月の姿が消えた。

そう思いきや、横に気配を感じる。顔を向けたのも束の間、九郎兵衛は脇腹を殴打された。歳月は体を寝かしながら、足から滑り込むようにして九郎兵衛の膝を蹴りにきたのだ。九郎兵衛があわてた瞬間を逃さず、歳月は仰向けになりながら木刀で九郎兵衛の脇腹を打った。

負けた。

何とか転げずに済んだが、歳月はまだ打ってきた。

脇腹に三発、背中にも同じ数。

耐えきれなくなり、九郎兵衛は膝から落ちた。

「卑怯な」

誰かが言った。

他にも続いた。歳月を罵る声が重なり、道場に響き渡った。

「うるせえ」

歳月は大声で、怒鳴りつけた。

静まりかえる。

「勝ちは、勝ちだ」

歳月は満足げに言い放つと、今度は金をせびった。むろん、門下生たちは反論する。金を払う筋合いはない。

九郎兵衛は負け惜しみのように聞こえるのが嫌で、何も言わなかった。たとえ、相手がどんな攻撃に出ようが、それに対応できなかったのは九郎兵衛の不覚であり、技量不足であった。

「もう一本やるか。今度は審判をつけて、正式に」

それでも、九郎兵衛は改めて試合を挑んだ。

「負けた分際で」

歳月は取り合わず、去っていった。

帰り際、表の看板が壊された。

あの時のことは、未だに思い出す度に頭が痛くなる。

九郎兵衛が丸亀藩を辞めたことと、歳月との試合は全く関係ない。しかし、歳月が与えた影響は多少なりともあった。


宵闇が夕空を覆いつくそうとしていた。

時折、涼やかな風が吹いてくる。

九郎兵衛は芝新明町の『鯰屋』に来た。もう暖簾は下がっていたが、権太夫は客と商売の話をしているらしく、客間で待たされた。

床の間には、掛け軸が飾ってある。それが、葛尾藩上屋敷の広間の襖絵に似た筆触の水墨画であった。浜から遠くの沖を眺めている男の絵であった。

唐水という落款印が押されていた。

まじまじと、その掛け軸を見た。

よく見ると、沖には城が見え、そこから煙が立ち昇っているようにも取れる。

難癖をつけようと思えば、この絵でさえ、幕府を批判しているとでっちあげることができる。

しかし、なかなかに観る者を引き込む構図の絵であることには違いない。唐水の絵師としての才能を改めて感じた。

半刻（約一時間）ほどして、権太夫がやってきた。

権太夫はしたり顔をしている。内心、何を考えているのかわからない。

「万事、うまくいっておりますかな」

淀(よど)みのない声で言った。

「新たに依頼をされた」

「新たな依頼？」

意外そうな顔をする。

「武内春高という男を知っておるか」

「葛尾藩の剣術指南役の」

「そうだ」

九郎兵衛は頷いてから、

「そいつを片付けろという」

と、おおざっぱに言った。

だが、権太夫は瞬時にその意味を悟ったらしい。

「その依頼は、美濃守さまではないでしょう？」

「割田殿だ」

「やはり、まだもめていると……」

権太夫は顔をしかめた。

この男は全て、先を見通しているように、頭の中で何手も先を読んでいる。それゆえに、苦い顔をすることは少ない。

「それで、松永さまは引き受けたのですかな」

「いや、考えてみると答えた」

「断らなかったと？」

またもや、意外そうな顔をした。

「数日間、ハザマ先生と過ごすうちに同情を寄せたのですかな？　しかし、この件はハザマ先生の問題ではございません。藩内でのもめ事でございますから」

「同情したわけではない」

「では、なぜです？」

さらに、納得できない様子で首を傾げた。

「お主はこの件を俺に引き受けてほしくないのか」

九郎兵衛は確かめた。

「いえ」

権太夫は曖昧に肩をすくめた。

そのすぐ後に、

「まだ考えてもいませんでしたが」

とも呟いた。

権太夫が決めるまで、勝手に引き受けることはしないでくれと、釘を刺された。

『鯰屋』を出た足で、九郎兵衛は九段まで行った。

九段坂からは筑波山（つくばさん）や房州の山々を見渡すことができる。江戸の名所となっている。

坂を上っている途中に、国士塾という角ばった文字の看板が見えた。商家のような広い平屋に、新しい木調の看板がかかっていた。

間口は広く、立派な構えであった。

土間に入ると、履き物がいくつも並べてあり、長い廊下の奥から、話し声が聞こえてきた。

「頼もう」

九郎兵衛は声を掛けた。

すぐに、奥の部屋の襖が開いて、若い学者風情の男がやって来た。

「こちらに、武内春高先生はいらっしゃるか」

九郎兵衛はきいた。

「奥におられますが、貴方（あなた）は？」

男は少しばかり警戒した様子で尋ねる。

その時、奥の襖が開いた。

たぶさを大きく結い、服装は木綿の羽織に小倉の袴（はかま）といった粗末な服装の武士が出てきた。

三十そこそこであろう。

その者が、こちらに近づいてくる。色白で、額の広い、彫りの深い顔だった。

黒漆の鞘が怪しく光っている。

「松永九郎兵衛殿だな」

「桂蔵人か」

増上寺で行われた剣術大会で最後まで勝ち残ったのが桂蔵人だった。

「葛尾藩の？」

「いかにも」

だが、丸子宿まで唐水を迎えに行くことを任されなかった。

険しい目を、九郎兵衛に向けている。

「割田殿に何か言われて来たのですな」

桂は決めつけた。

「ただ、武内春高先生に会いに来ただけだ」

「先生の前に、拙者がその用件を聞こう」

「言わぬといけぬか」

「できれば」

桂はすぐにでも刀を抜きそうな鋭い目つきを崩さない。

（もめ事は面倒だ）

九郎兵衛はそう思いつつも、心の片隅にずっと封印してきた本田歳月への複雑な思いが、今回の件で抑えきれなくなっていた。

言い合っていると、やがて奥から、四十半ばくらいの顔の大きな迫力のある男がやって来た。長い顎髭（ひげ）を生やし、体格もよい為、関羽（かんう）のような見た目であった。腰に差している刀は、幾分か大きいようにも見えた。

桂がその男を「先生」と呼んだ。

武内春高であろう。

「何を騒いでおる」

春高が言った。

「この者は、割田殿の」

手先とでも言いたげに、桂が告げる。

「無礼な」

九郎兵衛は一蹴した。

「割田殿の指示で、丸子宿まで若狭唐水を迎えに行った。割田殿とは親しい間柄であろう」

桂の声が大きくなる。

「やめんか」

春高が桂を叱りつける。

九郎兵衛に顔を向けて、

「松永殿のことは聞いております。まあ、中に」

春高が誘った。

柔らかい物腰の中に、九郎兵衛に対する警戒を隠し切れていない。

ここでも構わないと答えたが、それでも客間に通された。

八畳ほどの部屋だった。

桂もついて来ようとしたが、春高が制した。無理を押し通して部屋まで入ってはこなかったが、襖の向こうで膝を立てて、柄に手をかけているのが容易に想像できた。

床の間には、『別有天地非人間』と書かれた掛け軸が飾ってある。力強さもありながら、繊細な筆づかいであった。

「松永九郎兵衛殿と言いましたな」

「いかにも」

「以前どこかでお会いしたことが？」

「初めてでござる」

「聞き覚えのある名前だと思いましてな」

「気のせいでは？」

「たしか、丸亀藩にいらっしゃらなかったか」

どうしてそれをと思ったが、言葉にしなかった。

だが、反応を見て、確信したらしい。

「今は藩を辞めているので？」

「色々あって」

九郎兵衛は濁した。

春高もそれ以上聞いてくる事はなかった。

「割田殿からの指示ではないということだが」

春高が咳払いした。

「存じておるとは思うが、本田歳月という男」

九郎兵衛は春高の目を覗き込む。

全く動じる目つきではない。

「春高先生とはどのような関係で？」

と、九郎兵衛は続けた。

「一時期、ここで剣術を教えていただけ。なかなかに才能がある男でしたからな」

「あれを才能とは」

「強いことには代わりないでしょう？　それとも、本田歳月を弱いとでも？」

「いえ、姑息だと」

九郎兵衛は言い放った。

なぜか、歳月のことを考えると、怒りが瞬時にこみあげてくる。鼻息が荒くなり、心ノ臓が激しく鼓動する。

剣術の試合を行うよりも、心ノ臓に負担がかかっているのがわかる。

それを抑えるのが、厄介だった。

「何やら因縁がありそうですな」

春高は見透かすように言った。

「一度、勝負したことがござる」

「どうでしたかな」

「………………」

「勝ったのですかな」

春高は、問い詰めてくる。

「その様子だと存じているのでしょう」

九郎兵衛は奥歯を嚙みしめて答えた。

「負けましたかな」

それを、九郎兵衛の口から言わせたい節がある。

「ええ」

九郎兵衛は、ただ頷くにとどめた。

「それほど、歳月は強いと」

どこか満足そうであった。

「先ほど、歳月とは何ら関わりがないと申したが、出入りしている姿を見かけた者がおると」

「ただの噂でござろう」

「火のない所に煙は立たぬといいますからな」

「ちなみに、誰が言っていましたかな」

「…………」

九郎兵衛は、春高をじっと見つめた。

「松永殿」

春高は改めて呼びかけた。

「割田殿は藩のことなど考えておらぬ御仁です。それは、松永殿に言っても仕方ありませんが、本田歳月を姑息だ、卑怯だというのであれば、割田殿はもっと下劣な者。でたらめを言っているだけに過ぎず、関わらぬ方がよい」

春高は淡々と話すが、徐々に口調が強くなった。

「あの方が下劣だというのは何故に?」

九郎兵衛はきき返した。

「そのうちにわかることだろう。だが、関わらぬ方がよろしい。これだけは確かである」

春高は強調して言った。

「して、拙者の問いについて」

まだ満足な答えは聞いていない。

なぜ、割田が下劣なのか。

春高は九郎兵衛の顔を改めて見て、苦笑した。

「松永殿はどうも明快なお方と見受けられる。その様子だと、何も聞かされていないのであろう。だが、こちらとしても、多くを語るわけにはいかぬ」

春高は続けた。

「本心を打ち明けると、このままでは葛尾藩がなくなる。これまで、正木家が善政を敷いてきた葛尾という土地が、割田に蝕(むしば)まれるようになる」

「同じことを仰る」

九郎兵衛は、ふと口にした。

「なに？」

　春高がきき返す。

「割田殿は、先生が武士道というのに囚(とら)われていて、藩の財源を軽視していると」

　九郎兵衛は正直に答えた。

「あの者は、金にしか目を向けておらぬ。武士道がわかろうはずもない。それに、武士道なくして、武士は成り立たぬ。そうではないか」

　春高がきいてきた。

「拙者は、藩を辞めた身」

「武士道とは関係ないというのか」

「葛尾のことは、どうなっても構わぬ。ただ、歳月のことを聞かせてもらいたい」

　九郎兵衛は言った
　ただ、本田歳月に雪辱を果たしたい。

「歳月と再び会った時には、どうするつもりで？」

「もちろん、決まっておる」

　斬る。

心の中で、答えた。

「それで、歳月とわしの関係を探っているわけか」

「そういう噂を耳にした以上は」

「期待するようなことは話せないと思うが」

春高はそう言って、語りだした。

二

天保五年（一八三四年）のことであった。

天保の飢饉で苦しむ民が多かった。

武内春高は、どのようにしたらこの危機を救えるのかを考えていた。

春高は水戸の裕福な庄屋の次男として生まれ、地元で神道無念流を学び、十五で江戸に出て、神田駿河台の旗本小栗家の屋敷内にある私塾、見山楼に入塾した。

見山楼は朱子学者の安積艮斎が開いたところであるが、艮斎は朱子学だけではなく、幕府からあまり快く思われていなかった陽明学など他の学問を取り入れ、独自の考えを強く打ち出していた。

しかし、途中で艮斎のやり方では困窮する民を救えないと考え、自らの私塾を開くことになった。

思想は自身で教え、剣術の方は他の者に任せることにした。

そこで手当たり次第に強そうな剣客に当たってみた。元より実家が裕福なので、金に困ることはなかった。だが、春高の思想に共鳴する者は少なく、なかなかに苦労した。

そんな中、引き受けてもよいと名乗りでた者がふたりいた。

ひとりが多本助左衛門というそこそこ名の知れた一刀流の剣豪であった。助左衛門は、春高の思想にも関心を持ち、一緒に塾を盛り立てたいと話していた。

もうひとりが本田歳月。二十八歳、無名であった。歳月は助左衛門と同じ剣術の流派の門下で、兄弟弟子であった。

この場合、道理からいっても助左衛門に引き受けてもらおうと考えていた。

だが、歳月が納得いかないと言い出した。

「試合をして、勝った方に師範を任せてくだされ」

歳月は随分と自信があるようだった。

むろん、助左衛門はいい顔をしない。

「年上を敬うことを知らぬのか」

助左衛門は見下すように、歳月に言ったらしい。歳月はそれを意に介さず、「弱い者こそ、吠える」と言い返したそうだ。

「受けてたとう」

助左衛門は舌打ちまじりに言う。

「一本勝負は如何か」

歳月が要望した。

「いやいや、五本で決めよう」

助左衛門は一本では認めなかった。春高としても、何度か勝負してもらいたかった。一本では偶然で勝つこともあり得る。

何度か押し問答をしたが、歳月が折れた。

ふたりは試合をすることになった。

五本勝負。

一本目は、歳月が開始早々に面を取った。

一瞬の出来事に、春高は目を疑った。

二本目も、歳月が取った。今度も面。正面から向かい、相手に反撃の隙を与えない速さであった。

「年寄りめが」

歳月は小馬鹿にした。

三本目、歳月は同じように面を狙った。助左衛門は半円を描くような構えで払いのけ、胴を目掛けて横一文字に打ち込んだ。

見事に決まった。

「まだまだ」

助左衛門は面の中で、歯を見せて笑った。

四本目、歳月の目つきが変わった。いきり立つように、目じりが吊りあがる。鼻息さえ聞こえてきた。

今度は助左衛門から仕掛けた。

面と見せかけて、小手を狙った。僅かの間に、歳月の左右の小手を打った。これには、歳月はまったく反応できずに終わった。

悔しそうに、助左衛門に向かって苛立ち(いらだ)を吐き捨てた。

だが、助左衛門は取り合わなかった。

最後、五本目。

互いに自ら打ち込むことはなかった。どちらともなく、様子を窺っていた。だが、しびれを切らしたのは、歳月であった。

歳月が突いてきたのを助左衛門が払いのけ、胴を叩(たた)いた。

軍配は、助左衛門に上がった。

歳月は悔しそうに、無言で立ち去った。

しかし、助左衛門を剣術の指南役として迎えることはなかった。ふたりが試合をした数日後、助左衛門は大怪我を負った。

橋から落ちたということだった。

「気が付いたら、この有様だ。酒を呑みすぎて、夜道だったたゆえ、転んだのかもしれぬ」

あまり覚えていないという。

その時の助左衛門は、いつになく歯切れが悪かった。

そして、本田歳月を指南役として迎えることとなった。

「そのような経緯がある故、わしも快くは思っておらぬ」

春高は冷たい目をして言う。

「ここまで話したのだから、歳月を庇（かば）うことはないと仰るのか」

九郎兵衛はきいた。

「いかにも」

春高が頷く。

だが、その目が微動だにしない。相手が普通の者であれば、正直に話していると考える。だが、この春高というなかなかの切れ者となれば、あえて嘘をついているのではないか。

九郎兵衛は疑問を持ちつつ、

「それで、多本助左衛門殿はどうなった」

と、尋ねた。

「その怪我が元で、傷口が化膿して、命を落とすことに」

春高は淡々と答えた。

「家族は？」

「倅がひとり」

「その者の所在を知っておられるか」

「さあ」

春高は首を傾げた。

「歳月はどのくらいの期間、国士塾にいたのか」

「三年ほど」

「ここを去った理由は？」

「わからぬ。ある朝、突然来なくなった」

「思い当たる節は？」

「あまりござらぬ。だが、多本殿の息子に復讐されたのかとも考えた。だが、恨みを持っているのは多本殿だけではなさそうだった」

「というのは？」

「塾生で、本田殿にこっぴどく虐げられていた者は少なくなかった。開塾当時、塾生は二十人ほどいたが、そのうちの半数以上がすぐに辞めている。彼らは本田殿の仕打ちに耐えきれなかったのだ」

「そのような男なのに、先生はよく三年間も、指南役として置いておきましたな」

九郎兵衛は嫌味っぽく言った。

春高は曖昧に肩をすくめた。


翌日、九郎兵衛は割田に呼び出された。

上屋敷の客間に、割田が待っていた。他にはいない。割田は相変わらず人の好さそうな顔をしながらも、どこか鋭い目つきで九郎兵衛を迎え入れた。

「昨日、九段へ行ったようだな」

「行きました」

「武内殿には？」

「会いました」

「それで、どうだった」

割田はおおざっぱにきく。

「まず、本田歳月殿とは関わりがないように思えました。それと、あの方は、割田殿がでたらめを言っていると」

九郎兵衛は正直に話した。

割田は苦笑して、「武内殿らしい」と、薄い唇を歪ませた。

「らしいというのは？」

「貶して、人望をなくそうとするやり方だ」

「悪人には見えませんでしたが」

「だからこそ、質が悪い。悪気もなしに、自分が正しいと思っている」

「拙者には、どちらの言うことが正しいのかわかりませぬ。ただ、本田歳月を庇うようなことはなかったというまで」

「歳月について、それほどまでに興味を持っているのか」

身を乗り出して、きいてきた。

武内春高には過去のことを話した。すでに、割田はそのことを知っているかもしれない。

「一度だけ手合わせをしまして」

九郎兵衛はまたしても、「負けた」とは意地でも言わなかった。

相手に何か聞かれる前に、

「姑息な奴です」

と、先手を打った。

割田は理解したようで、大きくゆっくり頷いた。

割田は袱紗に包まれたものを取り出した。金だと思った。

以前よりも、分厚い。

「いくら積まれても」

「違う。これは、仇討ちに使ってくれ」

「仇討ち？」

「本田歳月を討つのであろう」

「…………」

「歳月は武内春高の右腕。塾をやめているとはいえ陰で、奴を支えているに違いない。わしとしても、歳月がいなくなってくれたら助かる」

割田は小判を押した。

九郎兵衛は目をくれないようにした。

今までは、金を受け取らないと仕事はやらなかった。今回は違う。

九郎兵衛は受け取らずに、その場を後にした。

庭に出ると、待ち構えていたかのように、桂蔵人がいた。桂は相変わらず憎らしげな目つきを向けてくる。

近づいてきた。

まさか、上屋敷の敷地内で刀を抜くことはあるまい。

数歩のところまで迫ってくると、九郎兵衛は足を止めた。

「先日は」

桂は頭を下げた。その際、目を決して、九郎兵衛から離さなかった。

「うむ」

九郎兵衛は顎を引いた。

すれ違いざま、

「割田には、注意せよ」

独り言かのように、桂はぼそっと小さな声で言う。

九郎兵衛は無言で桂を振り返った。

桂は目が合うと、急に背を向けてその場を立ち去った。後ろ姿を少しの間、目で追った。桂は振り返らずにずかずかと長屋に向かっていった。


その日の夕方。

九郎兵衛は上神田明神下の林田藩上屋敷へやって来た。

林田藩は藩主が建部政醇（たけべまさあつ）。播磨国揖東郡（はりまのくにいっとうぐん）に城を構える一万石の外様大名である。

葛尾藩の屋敷より、やや小さかった。

その前に、鯰屋権太夫を訪ねている。

権太夫は、多本助左衛門の倅、新三郎（しんざぶろう）のことを知っていた。林田藩の江戸詰め、十三石三人扶持（ぶち）の下級武士であると教えてもらった。

「まるで、俺が多本のことを尋ねるとあらかじめわかっていたようだな」

九郎兵衛は確かめた。

この男のことだ。何から何まで、調べはついているに違いない。

「本田歳月を恨んでいることは存じておりますので」

権太夫は不敵な笑みを見せた。

九郎兵衛が、門番に多本新三郎の名を告げて、しばらく待っていると、戸口から長身で、細身だががっちりとした体つきに浅黒い肌の男が出てきた。

歳は同年代。

目の下の深い皺に苦労の跡が滲んでいた。

神田明神からなまぬるい風が吹き下ろした。

「何用で」

ぼそっと喋る不器用そうな男であった。

挨拶は済ませたが、中に入るかそれともこのまま話すか、どちらとも言ってこなかった。

「こちらで、よろしいか」

九郎兵衛はきいた。

多本は黙って頷く。

「……」

「貴殿の御父上、多本助左衛門殿は本田歳月に殺されたようなものだというが九郎兵衛は昨日、春高から聞いたことを話した。その内容が合っているかどうか、確かめた。

「その通りでござる」

多本は答えた。

「歳月のことで、何か知っていることはござらぬか」

「どのようなことが知りたい」

「どんな些細なことでも」

九郎兵衛が答えると、多本は顔を正面に向けたまま、しばらく黙り込んだ。口元がへこんでいる。

大したことはないのかと思った。

しかし、多本はやがてゆっくりと口を開いた。

「父の死後、何度か歳月を見かけた」

多本はそう言うと、再び黙り込んだ。

考えるときに、むすっとした顔になる癖があるのか。

「一度目は、父の供養の時」

それからも、言葉が止まりながら、ゆっくりと話が進んでいく。話し方は非常に遅いが、言い間違いやつかえることがない。

思慮深い目をして、

「おそらく、父の死を知り、わざわざやって来たのだろう。図々しく焼香を済ませて帰っていった。その時に笑っていたので、何者だろうと思っていたら、あとで誰かが言うには、それが本田歳月だった」

と、告げる。

「二度目は？」

九郎兵衛はきいた。

「平河町（ひらかわちょう）で、ばったり出くわした」

「すぐに気づいたのか」

「拙者は」

「向こうは？」

「気づいていたと思う。何やら挑発するようなことを言われたが、覚えていない」

多本は、やや下を向いた。

「あと一度だけ会った。だが、見間違いかもしれぬ」

「それは、どこで？」

「九段」

「九段？」

脳裏に、国士塾が過った。

「春高先生の少し後ろを歩いていた。笠を被っていたから顔はよく見えなかったが、刀の鍔と鞘が奴と同じものだった」

歳月は、孫六兼元の刀を差しているという。

九郎兵衛も、歳月の刀の鞘が、漆の深紅で、怪しげに光っていたのを覚えている。

「春高先生を斬り殺すつもりではないかと心配した」

多本は言った。

しかし、九郎兵衛は違うことを思った。

割田の言うように、春高と歳月は繫がっているのではないか。

多本はぼそっとしか喋らない割には、帰り際に、歳月を見つけたら教えてほしい。

仇討ちまではいかないにしても、一太刀浴びせたいと本気とも冗談ともつかない様子で言った。

三

数日が経った。

小雨のような霧が辺りを覆う夕暮れ時。

九郎兵衛は葛尾藩上屋敷から歩いて、十町（約千九十メートル）ほど、木々に囲まれて、小さく古びた寺にやって来た。

大珠寺である。

大通り沿いにはなく、ひっそりとしている。

若狭唐水に文で、呼び出された。直接会って話したいという。

この数日間、九郎兵衛は本田歳月のことを探ってみたが、武内春高の国士塾に出入りしているのか定かではなかった。

国士塾の近所にある剣術道場の門人たちにきき込みを行ったが、本田歳月らしい姿を見たことがある者はいない。

しかし、妙な話も聞いた。

話は昨年にさかのぼる。

北辰一刀流の剣客千葉周作の弟子たちが国士塾に押しかけたそうだ。それというのも、近頃、北辰一刀流から数名が、国士塾へ流派を替えているそうで、親善試合と称して国士塾の鼻を明かそうとした。

千葉周作といえば、若い頃より、数々の著名な剣客を倒し、剣の速さで知られている。その弟子たちも速さでは、他の流派よりもずば抜けている。

その上、武内春高が風邪をひいていた時を狙ったようだ。

困った国士塾は応援を呼んだ。

名前こそ明かさなかったものの、容姿が本田歳月と重なるという。

もしそうだとしたら、まだ歳月は国士塾に出入りしているのだろう。そこを狙って、勝負をつけようか。

そんなことを考えながら、唐水の暮らす大珠寺へやって来た。

山門で、掃除をしている十四、五の小僧に、九郎兵衛は声をかけた。

ハザマ先生と伝えても、若狭唐水と言っても、小僧は不審そうな目をこちらに向けたまま、取り次ごうとしない。

むしろ、箒の持ち方を変えて、構えるように軽く前かがみになった。

何度か言い合っていると、四十後半くらいの僧がやって来た。

落ち着いた表情で、

「どうなさいましたかな」

と、きいてきた。

「ハザマ先生に会いたい」

九郎兵衛はその後に、自分の名を告げた。僧はすぐに気が付いたようで、「先生はいま少々御用がありますが、こちらで」と、山門の中に入れてくれた。

真夏だというのに、冷えるような涼しい風が吹き抜ける。外の音は消え、蟬の鳴き声さえ厳かだった。

僧は雪斎と名乗った。大珠寺の住職だという。

九郎兵衛は雪斎と並び、本堂に向かって進んだ。

山門から本堂までは白色の丸っこい石が敷き詰められている。雪斎と小僧はそうでもないが、九郎兵衛が石を踏むたびにトントンと木槌で打つような甲高い音が響いた。

雪斎は先ほどの小僧の不手際を詫びて、

「しかし、ハザマ先生のことは我が藩挙げての一大事ですから。警戒しているのです」

と、許してくれとばかりに言った。

「我が藩というが？」

その言い方は、菩提寺かと思った。

「兄から聞いておりませんか」

雪斎は首を傾げる。

「兄？」

九郎兵衛はきき返した。

「私は割田三樹三郎の弟にございます」

幼いころに仏門に入ったという。

よく見ると、肌の色合いから、顔の皺まで、割田に似ていた。だが、割田と違って顔にあまり表情がない。不愛想というのではなく、心を無にしているように思えた。

「では、割田次郎殿というのは」

「私の倅です」

雪斎は落ち着いて答える。

「それは……。とんだ災難なことだったな」

九郎兵衛は悔やみを言う。

「いえ、力不足で申し訳ない限りです。倅がもっとしっかりしていれば、こんなことにはならなかったでしょう。松永さまに御足労いただくことも」

雪斎は沈んだ声で言った。

実力不足でハザマ先生を不安なお気持ちにさせてしまったなど、ただただ恐縮しているようであった。

やがて、本堂の前に来た。中には入らず、横を通った。

少し進むと、新しい木の匂いがする門があった。

「こちらへ」

雪斎が言う。

ふたりは門をくぐった。

さっきよりもさらに小さな白色の石が敷き詰められていて、しっかりと手入れをされた庭園になっていた。

枯山水があり、いびつに曲がった松の木もある。

庭の端には、茶室があった。

唐水の用が終わるまでしばらくかかるからと、そこに通された。

雪斎が茶を点てる。

外の音が全く入ってこない静粛な場であった。

もてなそうとしているのか、雪斎は九郎兵衛の茶の好みをきいた。九郎兵衛に好みなどない。茶の嗜み(たしな)はあるが、好きではない。

手間がかかるものは全て嫌いだ。

なので、歌や俳諧(はいかい)も苦手であった。

やがて茶が出されると、九郎兵衛は礼儀作法に則り、一口啜った。

美味い。苦味がなく、さっぱりとしている。喉を通るときに、突っかかることもない。初めて、飲み足りないと思えたほどであった。

「お気に召しましたかな」

「ああ、どこか懐かしい味がした」

「ということは、松永さまは四国の生まれで？」

「この茶は、そうなのか」

「ええ。たまたま、伊予に知り合いがいまして」

茶を数口啜ったところで、

「さて」

と、雪斎が改まったように言った。

九郎兵衛はまだ何の用で来たのか言っていない。されるがままに、流されていた。かといって、唐突に話し出せるような雰囲気ではない。

雪斎は手玉に取るように、唐水がこの寺に来てからのことを九郎兵衛に話し出した。

それによると、あまり出かけていないが、かといって不便はないようだ。割田が御用聞きの者をつけているし、唐水の用心棒がいるという。

「用心棒がいるのか」

どうして自分が選ばれなかったのか、一瞬、不満に感じた。歳月を捜し出すといっても、用心棒も並行してできるはずだ。

「誰が用心棒なのだ」

九郎兵衛はきく。

「おそらく、松永さまがお知りにならない方だと思いますが」

「葛尾藩の者か」

「いえ」

「『鯰屋』から頼まれて来た者か」

「違います。葛尾藩と関わりのある方ですが」

雪斎は、はっきりと言わない。

「まあ、よい」

知ったところで何になる。もし気になるようであれば、唐水にきけば教えてくれるだろう。

「で、唐水はいまこの寺にいないのか」

九郎兵衛は訊ねた。

「その用心棒を頼んでいる者と、出かけております。上屋敷ですから、すぐ近くでございます」

何の用だと聞くまでもなく、割田家との養子の件で手続きがあると、雪斎が全てを把握しているとばかりの様子で答えた。

それから、また雪斎があれこれ語りだした。

割田家との養子縁組が終われば、今度は正木家との養子縁組が始まる。手続きの関係上、すぐにはできず、少なくともひと月は空けないといけないらしい。

「それから、松小路家との養子縁組だな」

「左様にございます」

「そこも、またひと月はかかるのか」

「大名家と公家ですから」

武家は徳川幕府の管轄で、公家は関白の下にある。関白には政治権力はないが、官位を与えるなど、儀式の伴うことに関しては公家は全てその統制下で動かなければならない。その取り次ぎをする京都所司代、武家伝奏への挨拶や諸々の手続きも含めれば、半年はかかるはずだと雪斎は答えた。

「そんなにかかるものなのか」

「今まで我が藩でもないことですし、他の藩でもそう多いことではございません故」

不慣れな分、仕方がないような言い方であった。

「公家というのも、よくわからぬ」

九郎兵衛は思わず、心の声が漏れた。

「同じ思いにございます」

雪斎は苦笑いで、同調する。

和やかに話し合っていると、茶室の外から石を弾く音が聞こえてきた。その音が茶室に近づいてくる。

「先生が帰ってきたのかもしれません」

雪斎は腰を上げて、にじり口に寄った。腰を屈めながら戸を開けると、ちょうどさっきの小僧が来たところであった。

「お帰りか」

「はい。こちらにお呼びしましょうか」

「いや」

雪斎は首を横に振った。そのまま九郎兵衛に顔を向け、「先生のところへ行きましょう。そちらにも、客間はございます」と、言った。

茶室を出て、池を回った。

住居の正面へ行き、土間に足を踏み入れた。

廊下の奥から気配がする。

この寺はどこにいても、音がするし、他人の気配にすぐ気が付く。どのような仕掛けがあるのかわからないが、「よくお気づきで」と、雪斎が感づいたように言う。

大珠寺で葛尾藩の大事な客をもてなすこともあるので、必要以上に警戒をしているのだそうだ。

何度か盗人が入ってきたことがあったというが、すぐに捕まったし、一度は盗人が寺から抜け出せなかったそうだ。

雪斎は廊下の奥に向かい、「ハザマ先生、松永さまがお越しです」と、声を掛けた。

「はい」

返事がくる。

相変わらず、柔らかい口調であった。

そう経たないうちに、廊下の奥から若狭唐水がやって来た。最後に会ったのは数日前だが、その時は旅のあとでまだ髪はぼさぼさで髭も剃(そ)っておらず、どことなく疲れ果てた顔をしていた。

しかし、今は小綺麗な着物に袖を通し、顔もさっぱりとしている。表情もさらに穏やかになった気がした。

客間に通されてから、

「松永さまを待たせてしまうとは」

と、申し訳なさそうに言った。

割田から、急な呼び出しがあったようである。

「気にするな。雪斎が茶を振る舞ってくれた」

「ここの茶はとても上等な茶葉を使っていて、おいしいでしょう。以前、京で口にした宇治の茶は苦くて好みではありませんでしたが」

唐水は嬉しそうに話す。

世間話をしに来たのではないと目で訴えたが、唐水には伝わらなかったようだ。

この数日間のことをひとりで語りだした。

雪斎は隣で苦笑いしながら聞いて、

「先生、松永さまが何かお尋ねしたいことがあるそうです」

と、諭してくれた。

兄の割田もそうだが、弟の雪斎はそれ以上に機知に富んでいて、他人の心を読むのがうまいようだ。

「私はお邪魔ですね」

雪斎は去っていった。

「それで、今日呼んだ訳というのは？」

九郎兵衛は単刀直入にきいた。

「本田歳月のことです」

唐水が怯えた目で答えた。

「また狙われたのか」

「いえ。神奈川宿で襲ってきた者らもおりません」

もっとも、あの者たちは、忍びのようである。

この寺の警戒からすれば、忍びであろうとも下手なことをすれば、すぐに見破られるだろう。

雪斎は剣術、もしくは武術に秀でている。少し話しただけだが、身のこなしや、目つきがそう感じさせた。

それに、融通が利かない小僧も、ただの小僧ではなさそうだ。山門前での箒の持ち方が、襲われても、すぐにやり合える型を取っていた。

「歳月は、武内春高さまに匿われていると聞いております。そして、歳月を動かしているのも、武内春高さまだと」

「だから、なんだ」

「武内春高さまをやっつけてください」

割田に吹き込まれたな、と思った。

「そう言うが、まだ証はない」

九郎兵衛は答えた。

「ございます」

唐水は決め込む。

「ある者が言っていました」

「ある者？」

「はい。じつは私の用心棒をしてもらっています」

そのことは雪斎が言っていた。

「誰だ？」

「小山内銀四郎さまという方です」

「藩の者か」

「いいえ。ご浪人だというのですが、そのように見えない方です。なかなかに頼もしい方でして。松永さまには及ばないでしょうが、並みの武士よりかは強いでしょう。まだ若いのに、素養のある方です。話も面白いですし、気遣いもできます」

唐水は随分と気に入っているようで、昔からの親しい友のように話した。

その男が言うからには、間違いないという。

「奴もこの寺で暮らしているのか」

「いいえ、通って来られています。すぐ近くにおります」

「お前さんがこの寺で襲われないか心配ではないのか」

「住職と小僧さんが頼もしい方ですので」

「初めから、その男を用心棒として雇えばよかったものを」

「小山内さまに話がいったそうですが、辞退したそうです。江戸は土地勘があるから何とかなるが、知らない土地で襲われたら、私を守り切れる自信がないと」

唐水は苦笑いする。江戸なら引き受けるということよりも、まるで歳月の実力を知っているかのような言いぐさだ。

「小山内さまは、松永さまにお会いしたいと仰っています。そこで、本田歳月と武内春高さまのことを聞いていただけませんか。きっと、松永さまも引き受ける気になることでしょう」

この男、九郎兵衛と歳月の因縁を知っている。割田か、他の誰かが九郎兵衛を焚きつけるために、言いふらしたのだろう。

「どこにいるのだ」

九郎兵衛はきいた。

「ご案内します」

唐水は腰を上げた。

四

大珠寺を出て、少し歩いたところにある陽の差し込まない裏長屋へ行った。

唐水がガラリと腰高障子（こしだかしょうじ）を開けると、薄暗がりの四畳半に、正座をして刃物を研いでいる若い侍がいた。

二十歳そこそこだろう。透き通ったような白い肌に、頬に赤みの差した面長の綺麗な顔であった。

「小山内さま、こちらが松永九郎兵衛さまにございます」

唐水が出し抜けに紹介した。

小山内はすっと立ち上がり、土間に下りてきた。

「小山内銀四郎にございまする」

柔らかい口調でありながら、畏まった挨拶だった。

きりっとした顔なのに、笑うと目がなくなる。いかにも、人柄がよさそうであった。

　どことなく頭の切れる男に感じた。

「お噂は聞いております」

　小山内は笑顔で言う。

「噂？」

　九郎兵衛はきき返した。

「神奈川宿で、三人を相手にふたり仕留めたと」

「そんな噂が立っているのか」

「上屋敷の方で聞いてまいりました。それにしても、三方から襲われたら、普通であれば一たまりもないところを」

「暗闇に助けられただけだ」

　九郎兵衛はそれとなく答えた。

「いえ、松永さまの剣捌きは、それはすごかったの一言に尽きます」

　唐水が口を挟んだ。

　それから、あの時のことを事細かに話した。

小山内は聞き入っている。

「それくらいで驚いていては困る。まだまだ強い者はおるからな」

九郎兵衛は低い声で言った。頭の片隅に、本田歳月の姿が浮かんでいた。

「割田次郎さまもすごい剣の使い手だと思っていましたが、それ以上です」

唐水の声は弾んでいた。

「あの割田次郎殿よりというのは、さすが」

小山内は驚くように言う。

「割田次郎を知っているのか」

「もちろん」

「あいつは、江戸に勤めていたのか」

「普段は葛尾ですが、参勤交代の折には、江戸に来ます。お屋敷で何度もお見掛けいたしました」

「剣術を見たのか」

「年に二度、葛尾藩の剣術大会がござる。私は藩の者ではないので参加することはできませぬが、拝見しに行きました。そこで、毎回優勝をするのがあの御方でした」

小山内が答えた。

その割田次郎が殺された。

「ちなみに、剣術大会で割田次郎殿と張り合う者はいなかったのか」

「おふたり」

「誰だ」

「光浦高之進（みつうらたかのしん）さまと、桂蔵人さまです」

桂蔵人は知っているが、光浦というのは知らない。

そう思っていると、

小山内が言った。

「光浦さまは殺されました」

「なに」

九郎兵衛の声と、

「殺された？」

という唐水の声が被った。唐水の方が驚いていた。

「もしや、割田次郎と同じ葛尾で徒目付をしていたのでは？」

九郎兵衛はきいた。

「左様にございます」

小山内の答えに唐水の顔色は青白くなった。自分のせいと考えているのか、唐水は険しい顔のまま、しばらく地面の一点を見つめて黙り込んだ。

「決して、先生のせいではありません。おそらくは……」

小山内は厳しい口元に、

「本田歳月の仕業」

と、その名前を挙げた。

そして、裏には武内春高がいるとも加えた。

「その話を聞きに来た」

九郎兵衛は言う。

すると、ここでは話がしにくいと、小山内は声を潜めた。

壁が薄いので、隣に聞こえてしまうのだろう。

小山内は外に出ると、行く当てのあるように歩き出す。九郎兵衛と、唐水もそれに付いていった。

　行きついた先は、大珠寺を越えた、茂みのある空き地だった。

　誰も付いてきていないことを確かめてから、

「気を付けなければなりません。武内さまは忍びをも使います」

　と、告げた。

「神奈川宿のも……」

　唐水はすでに小山内から色々と聞いているようで、襲ってきた忍びは国士塾の者たちだと言う。

「忍びを雇ったのではなく、国士塾に忍びがいると言いたいのだな」

　九郎兵衛は確かめた。

「はい」

「そもそも民を救うための私塾であろう」

「そうです。思想も教え込んでいます」

「思想というのは」

「武士道という名の殺戮（さつりく）集団です。主君のために命をかけるように教え込みながら、実のところ、自分の道具として、いいように操ろうとしています。それが武内春高という男の恐ろしさです」

武士道に縛られていると、割田が言っていた。

同じことを言う。もっとも、この小山内は、葛尾藩とは関係ないとしながらも、割田の手先のようなものだろう。

「神奈川宿で襲ってきて、松永さまが仕留めたふたりは、伝五と平八という者だということまで突き止めました」

小山内は、じっくり聞かせるように言った。

ふたりの出身は近江だという。船酔いの薬を売り歩く行商だが、それは仮の姿だそうだ。

さらに続けようとしたところを、

「待て」

と、九郎兵衛は制した。

「なんでしょう」

小山内が改まった口調で、九郎兵衛にきき返す。

「どうやって、ふたりがやったと調べたのだ」

九郎兵衛は問いただした。

「松永さまが持ち帰った手拭です。それを割田さまより拝借しまして、持ち主を探した次第にございます」

「たった、あれだけで持ち主がわかるのか」

むろんのこと、名前は書いていない。

「どんな些細なものでしても」

小山内はどこから来る自信なのか、余裕の笑みを浮かべる。

「そのふたりというのは、どのように調べてわかったのだ」

九郎兵衛は、さらに深くきいた。

「そこまではお話しできません」

「なに」

「割田さまに、口止めをされています」

小山内は優しい顔をして、毅然と答える。

「よろしいですか」

と、さらに続けた。

「伝五と平八の他に、もうひとり幾太郎（いくたろう）という男がいます。この男も行商に扮（ふん）しているようですが、三人はよく一緒にいたとされています」

「幾太郎というのが、俺が取り逃がした者だな」

「運悪く逃げられただけでございましょう」

「気遣いは不要だ」

「いえ、普通であれば……」

何か話そうとしたので、九郎兵衛は「光浦殿を殺したのは？」と言葉を被せた。

「幾太郎か、本田歳月。どちらかでしょう」

小山内はさっと、きかれたことに答えた。

「まだわからぬのだな」

「直にわかると思います。おそらく、幾太郎かと」

小山内には、やはり自信があるようであった。

「それにしても、お主は何者だ」

九郎兵衛はきいた。

ただの浪人ではなさそうだ。剣術の腕はわからないが、探索の能力といい、頭の切れ味といい、藩に仕官していてもおかしくない。

「お主こそ、割田の忍びなのか」

九郎兵衛は唐突にきいた。

「松永さま」

唐水が驚いたように声をあげる。

「いえ、先生。よろしいんです」

小山内は唐水に答えてから、九郎兵衛に顔を向けた。

「この件で、割田さまより与えられた任務は、たしかに忍びのようなことかもしれません」

小山内は堂々と答える。

「ですが」

急に目つきが恐ろしくなる。

「松永さまと力を合わせなければ、武内春高さまの力を削ぐことはできません。いや、手遅れになってしまうといえばよいのでしょうか」

小山内が意味ありげに言った。

「手遅れというと？」

唐水が僅かに震える声できいた。

自分が殺されてしまうと思っているのだろう。

小山内は軽く唐水の肩に手を置き、安心させるように擦(さす)ってから、「先生は私がこの身をなげうってでも守りますが、松永さまの大切な妹君はどうなります？」と、問いかけてきた。

「なに？」

もしや、武内春高はお紺を狙っているのか。

「お紺さまを見初めたのはお殿さまでございますが、そのきっかけを作ったのは、割田さまにございます。武内さまの計画では、割田さまに関わる者をすべて藩から排除すると。現に、光浦高之進さまは暗殺されました」

「妹を排除したところで、奴らには何の得にもならないだろう」

「いえ、ご懐妊なされましたので、これで男子が生まれたときには、今まで以上にお紺さまの発言力は強くなります。お紺さまが割田さまと関わっているのであれば、その前に始末しようと考えるでしょう」

理路整然としている。

「ともかく」

小山内は武内春高のことをもう一度糾弾してから、

「是非、武内春高さまをやりこめてくださいませんか」

と、頼んできた。

「そこまでいうなら、お主がやればよい」

「私には荷が重すぎます」

「なかなかの腕前だから、割田殿がお主を護衛に付けたのではないのか」

「先生のお命をお守りするだけで精一杯です」

「謙遜しているな」

「いえ、それだけ本田歳月は強く、幾太郎という忍びも油断なりません。そのふたりも、所詮は武内さまの命令で動いているだけですから、その武内さまを……」

小山内はもう一度頼んだ。

つられるように、

「松永さま、お願いいたします。私もこれでは、枕を高くして眠れません」

と、唐水も言った。

九郎兵衛は、「考えておく」と言い残した。


翌日はよく晴れて、清々しかった。

九郎兵衛は陽が昇る前に起きていた。朝早く目覚めた。やけに生々しい嫌な夢を見た。本田歳月が現れ、唐水に斬りつける夢であった。

ただの夢だと思いつつも、九郎兵衛は刀を腰にしっかりと差して、昼頃に、芝新明町の『鯰屋』へ向かった。

心はすでに、決まっていた。だが、独断では行動できない。

あの男の態度からして、九郎兵衛に武内春高の力を削ぐことを指示するだろう。

もったいぶっていただけだ。

だが、道場破りをしただけで、春高は本当に引き下がるのか。

「いずれ、殺せとでも言うのではないか」

九郎兵衛は思い切って、権太夫にきいた。

まともに答えてくれないことは、百も承知だ。ただ、その反応から察しようとした。

権太夫はいつもの不敵な笑みを浮かべたまま、

「小山内さまが何か仰ったのですな」

と、わかりきったようにいう。

「このままでは、お紺が狙われるかもしれないと」

「松永さまは、その通りだとお思いになりましたか」

「権力争いだ。相手方の力を削ぐためなら、なんだってするだろう」

「では、松永さまとしましては……」

「武内春高をやりこめる」

「承知しました」

権太夫は、満足そうに頷いている。

「ひとつきくが」

九郎兵衛は改まった口調で呼びかける。

「なんなりと」

権太夫は促した。

「葛尾で殺されたのは、どういう奴なのだ」

「光浦高之進さまですね」

「そうだ」

「歳は三十五で、独り身。割田家とは、親戚になります」

「剣はどうなんだ」

「はい？」

「腕が立ったようだが」

「そこそこに。割田次郎さまと三本勝負をすれば、一本は光浦さまが取ったでしょう」

「だとすると、剣の腕が立つ葛尾藩のふたりが殺された。しかも、ふたりとも割田の派閥だ」

「何が仰りたいのですか」

「割田殿は、焦っているのかと思ってな」

「焦っているとは？」

「敵に勝てる見込みのある人物がいない。北辰一刀流の門人たちを送り込んだのも、実は割田殿だったのではないか。しかし、それが失敗したから、お紺を側室にして、俺を利用しようとしているのではないか」

九郎兵衛は直感で言った。

ふふ、とおかしそうに、権太夫が笑う。

「なにがおかしい」

「松永さまは随分と自信があるのですね。いえ、それはいいことでございます。しかし、驕(おご)っていては本田歳月にやられます。武内さまよりも、松永さまの方がお強いと思いますが、まずは本田歳月が立ちはだかるでしょう。くれぐれも、過信しないようにしてください」

権太夫の目が、鈍く光った。

五

翌日の朝五つ（午前八時）前であった。大珠寺を訪ねると、庭先で、烏(からす)が数羽集まって、何やら貪っている。

九郎兵衛は近づいた。

烏が九郎兵衛に気が付き、飛び去っていく。鼠の死骸が見えた。

二匹いる。

どちらも体の半分以上は烏に小突かれて、見るも無残な形になっている。

九郎兵衛が鼠をじろりと見ているところに、

「お早いですな」

と、雪斎がやって来た。

「これを」

九郎兵衛は鼠を指した。

「またですか」

雪斎が怪訝な顔をする。

「また？」

「数日前にもありました」

「なぜ言わぬ」

「ただ鼠が死んでいるだけのこと。猫にでもやられたのかもしれませんからな」

「偶然だと思うか」

「………」

雪斎は考えるように、死骸に目線を落とした。

少しして、

「誰かからの脅迫と？」

と、険しい眼差しを向けてきた。

「こんな時だ」

九郎兵衛の言葉に、雪斎は表情を一切変えない。冷めたような目つきで、

「どこにいても殺すことができると、敵は教えてくれているのでしょう」

と、小さく言った。

「ここまで、敵味方がはっきりとしているのに、決着がつけられぬとはな」

「そこが、藩の大変なところでございましょう。兄が何かと落ち度を責めて、武内さまを追い出したとしても、反発する者たちは出てくる。その者たち全員を粛清するわけにはいきませんからね」

雪斎は息継ぎをしてから、

「逆も然り。武内さまが割田派を全員殺すわけにもいきません。あくまでも、正木の殿さまに見えないところで、互いにこっそり潰し合っているというわけです」

と、告げた。

「お前さんは、どちらの味方だ」

「それは答えるまでもございません」

「巻き添えにあって迷惑だろう」

「一刻も早く、このごたごたが収まってくれることを仏に祈るばかりで」

「仏が、事態を解決してくれるわけではなかろう」

「この場合の仏とは……」

雪斎は、さりげなく九郎兵衛を見た。

「俺に利はない」

九郎兵衛は言い放った。

「しかし、もうお気持ちを固めてらっしゃる」

「いや」

「そうでなければ、一昨日お見えになられてから、また来ることはないはずです」

雪斎は言う。

この男も、割田と同様に侮れない。

「ハザマ先生は？」

九郎兵衛はきいた。

「ちょうど、小山内さまとご一緒でございます。剣術の稽古をしております」

「剣術の？」

「襲われたときに、自身の身を守るためだそうで」

雪斎はそう言い、裏庭まで連れていってくれた。そこで、ふたりが稽古をしていた。

雪斎はそれだけで去った。

「ほら、お越しになりました」

小山内が小さな声で、唐水に言う。

唐水は驚いたように、小山内を見た。

「俺が来るかどうか、賭け事でもしていたのか」

九郎兵衛は冗談めかしてきいた。

「そんなところです」

小山内は誤魔化すように、笑って答える。

「ひとつ確かめたいことがあるんだ」

九郎兵衛は小山内に言った。

「なんでしょう」

「俺は、自分の利にならないことをやろうとしている。妹の為には仕方がないことかもしれない。割田殿に利用されている気がしなくもないが、仕方のないこと」

九郎兵衛はそう言ってから、

「だが、俺が嵌められることはないか」

と、小山内の顔を覗き込んだ。

「嵌める？　何のことでしょう」

小山内が眉根を寄せて、きき返す。

「俺だけが悪者にされることはないな」

九郎兵衛は重たい口調で投げかけた。

「ありません」

小山内は、即座に、きっぱりと言った。

「もし、そうなったときには只ではすまぬぞ」

九郎兵衛はそれだけ言い残すと、大珠寺を後にした。


夕方になった。

道場に差し込む真っ赤な夕陽に、九段にある国士塾の門下生たちの誰も彼も顔が赤く染まって見えた。

稽古中といったところであろう。

ざっと二十人はいる。その一番奥に、武内春高の姿もあった。

皆、気合が入っているが、九郎兵衛が入ってきたときには殺気に変わった。特に桂蔵人の剣幕はものすごいものであった。

九郎兵衛は門下生たちの間を通って、春高に向かって歩いた。

春高はびくともせず、こっちに来いとばかりに仁王立ちしている。

「松永殿」

桂が、行く手を阻んだ。

「どいてくれるか」

「できぬ」

「邪魔立てするな。どいてもらおう」

九郎兵衛は桂の胸を押した。

桂は竹刀を突き付けてきた。

「まずは拙者を倒してからだ」

桂が言い放つ。

「よかろう」

九郎兵衛は桂に答えてから、

「少し汗をかいていってもよろしいか」

と、春高に向かって声を張り上げた。

「その前に」

春高は九郎兵衛と同じくらいの声量で返してから、ずかずかとやって来た。どうやら、桂が止めに入ったことは想定外だったようだ。

「無駄なことをするな」

春高は桂とすれ違いざまに、耳打ちした。

聞こえていないと思っているだろうが、九郎兵衛の耳は些細な音でも拾う。

「さて、松永殿」

春高は落ち着いた口調で呼びかけた。

九郎兵衛の目をじっと見てから、続けた。

「割田殿に何を言われて来る気になったかわからぬが、ここに本田歳月はおらぬ。試合をしてもよいが、無駄になるということだけは伝えておこう」

「ほう？」

「歳月がいようが、おるまいが関係ない」

春高は眉根を寄せた。

「武士道というものを大切にしていると言っていたな」

「いかにも」

「それを見せていただこうと思ってな」

九郎兵衛は、派閥争いで割田派を排除するために、お紺を狙っているのかと問いただす無駄を省いた。

　春高は、何やら察したようだ。

「歳月がいなくてもやるというのだな」

「願いたい」

「それならば、桂の前に」

　春高は道場の隅で面、小手をつけている五人の門人を顎でしゃくった。

「この者たちとやってくだされ」

　多くの相手と戦わせ、疲れさせようという企てなのか。

「審判は？」

　九郎兵衛がきくと、

「必要なかろう。我々は実戦を重んじた剣術を追求している。音を上げた方が負け」

　春高は勝手に決めた。

　それでも、構わない。

「では」

九郎兵衛は、真剣で勝負するとは踏んでおらず、木刀を持ってきていた。縞黒檀(しまこくたん)の重たいものだ。

「防具は？」

門人がきくが、

「いらぬ」

と、九郎兵衛は素っ気なく答えた。

まずひとりの弟子が、九郎兵衛の前に立つ。

審判はいないので、互いの息が合ってから始める。だが、九郎兵衛が構える前に、相手が、だっと飛び掛かってきた。

九郎兵衛は相手の攻撃を弾いて、胴を打った。

普段であれば、これで一本入る。しかし、どちらかが音を上げるまでの勝負だ。

続けざまに、木刀を摺(す)り上げて面を打った。

怯んでいるところにもう一撃。

相手は倒れこむ。

十数えたが、起き上がってこない。

「次は」

九郎兵衛は、他の門人に目を向けた。

次にやって来たのは、五十過ぎの男であった。見た目は痩せていて、鈍そうにしている。いざ向かい合っても、攻めてこない。

九郎兵衛が攻撃を繰り出そうとすると、体を丸めて、防御の構えを取った。まるで、いじめられっ子のようであった。

九郎兵衛は打ち込んだ。

だが、当たらなかった。

もう一発。

しかし、これは弾かれた。

続けて、何発か続けざまに打ち込んだが、相手には当たらなかった。

(疲れさせるつもりだ)

九郎兵衛は悟った。

それと同時に、武内春高は正攻法で九郎兵衛に勝てると思っていないのだろうと読み取れた。

九郎兵衛は構えるのを止めた。

木刀をおろした。

「どうした」

春高の声がする。

「諦めたか」

桂の緊迫した声もした。

五十過ぎの門人は、様子を窺うように首をすくめている。

九郎兵衛は大きく息を吸った。

次の瞬間、たっと飛び掛かった。

「あっ」

相手は声をあげた。

九郎兵衛は相手の腕を摑み、捻りあげた。

相手はのけぞるようにしながらも、木刀を手放すまいと、必死に応戦している。

見かけによらず、力が強い。

「隙あり」

九郎兵衛は足を払った。

見事に決まった。

ドンッと尻餅をついた。そこに、九郎兵衛が面を数発喰らわせた。

すると、立ち上がることもできない。

「次」

その調子で、九郎兵衛は次々に倒した。

三人目は、前のふたりよりもすぐに片が付いた。四人目、五人目はもっと早かった。どちらも、九郎兵衛の動きが読めずに、守り一辺倒になり、かえって隙を見せたことですぐに決着がついた。

九郎兵衛にしてみれば、早いに越したことはない。

指定された五人との対戦が終わると、

「さあ、春高先生。どうする」

九郎兵衛は問いかけた。

「次こそ俺が」

桂蔵人が勇み出た。

防具はつけていない。

「忘れているぞ」

九郎兵衛は鼻で嗤って、教えてやった。

「いらぬ」

桂は怒ったように言い返す。

「さあ、いくぞ」

桂は上段の構えから、向かってきた。

九郎兵衛は相手の木刀を受け止めた。

そして、押し返す。

桂は体勢を崩さないで、次は下段の構えで向かってくる。掬いあげるように打つのかと思いきや、腕を回し、急に上段から木刀を落としてきた。

予想外であったが、九郎兵衛は横に飛び退いた。

と、同時に、桂が横一文字に胴を狙って打ち込む。

それを躱すと、今度は九郎兵衛が攻撃をしかけた。容赦なく、相手の肩、腕、肘、鳩尾などを、音を立てて打った。

しかし、桂は倒れなかった。

肩で息をしながら、

「まだまだ」

と、血を吐いた。

九郎兵衛はさらに、桂に攻撃を仕掛けようとした。

「待て」

道場に、春高の野太い声が響く。

九郎兵衛は桂を注視しながらも、手を止めた。

「桂との勝負はここまでだ」

春高が大事をとるように、桂を下がらせた。門人たちが桂に肩を貸し、道場の端で手当てをしだす。

「次は先生自ら出ていただけるのか」

九郎兵衛はきいた。

「いや、今日のところはここまでだ」

春高が打ち切る。

「逃げる気か」

「松永殿も疲れているように見える」

「まだまだ」

「しかし、松永殿の腕前はよくわかりました。また出直していただきたい」

春高は、ぎろりと睨みつけるように言う。

「では、その折には、先生とだけ勝負願いましょう」

九郎兵衛は有無を言わさなかった。

「むろんだ」

春高は承諾する。

もやもやとした終わり方であった。あと一歩のところであるが、相手が立ち合わない以上、どうしようもない。不意打ちでは、試合とならない。あくまでも、試合で打ち勝つことでしか、道場破りはできない。

「期日は？」

九郎兵衛はきいた。

「明日で如何か」

もっと先を言ってくるかと思った。

「構わぬ」

九郎兵衛は頷いた。

「時刻は、朝の四つ（午前十時）がよかろう」

春高が言う。

「それも、よい」

九郎兵衛は、さらに頷いた。

「場所は、上屋敷にて。美濃守さまの前でだ」

春高は一方的に言いつけて、決定した。

たしかに、美濃守の前であれば、相手は不正や姑息な技を使うことはできない。

それとも、こちらの不正を疑っているのか。

「よろしく頼んだぞ」

春高の鋭い目が、きらりと光っていた。

第三章　濡れ衣

一

翌日はよく晴れ渡り、朝から暑かった。九郎兵衛が神田淡路町の葛尾藩上屋敷に着くのと同じ頃合いで、武内春高もやって来た。

割田三樹三郎がわざわざ門口まで出迎え、

「控えの間を用意している」

と、言った。

そこに通されると、襖をぴたりと閉めた。

割田派の家来と見られる者たちが、部屋の外で見張っていた。

「昨日、道場破りに行ったとか」

割田が深刻な顔で言った。

「妹に危害を加えられぬよう」

あくまでも、九郎兵衛は割田の指示で動いているわけではないと、強調したかった。

「その時には、他の門人とやりあったとか」

「大したことはありませんでした」

九郎兵衛は詳しい経緯を語った。あらかた、耳にしていたのであろう。割田は確認するように、頷いている。

「しかし、武内は昨日勝負をつけることを避けたか」

割田は首を傾げた。

「この試合で勝てば、本当に武内殿の権威が削がれると?」

「うむ」

割田は曖昧な声を出した。

おそらく、春高が敗れれば、それを理由に剣術指南役を解任させるつもりだろう。

「それでも、強く慕う者はおりましょうや。桂蔵人など」

九郎兵衛は名を挙げた。

あの男は、武内春高に傾倒しているように見える。

そして、割田を憎んでいる。

「この試合、是が非でも勝ってもらわなければ困る」

割田は励ますように言った。

「わかっております」

九郎兵衛は勝てると見込んでいる。春高自身も敵わないとわかっているはずだ。だからこそ、昨日、勝負を避けた。

しかし、たった一日。

何か勝てる策を練ってきたのか。それとも、ただ一日でもいいから先延ばしした かっただけなのか。

春高の真意は、見極められない。

「なにか仕掛けられているのではないかと思うてな」

見えないところに、何者かを忍ばせて、吹き矢などで九郎兵衛を狙うつもりではないかと、割田は睨んでいた。

「それであれば、わざわざ上屋敷を指定しなくとも」

国士塾で改めて試合をした方が、仕掛けはし易いのではないか。

しかし、割田に言わせれば、

「武内が自ら指示をすると問題になる。あえて上屋敷を選ぶことで、自身を慕う者が、松永殿に何か仕掛けると踏んでいるのかもしれない」

「つまり、自身の手は汚さずに、狡猾な真似をして勝とうとしているのですな」

「そのような男だ。殺された甥も、死体から毒の塗られた吹き矢の跡が見つかっている。同じ手で狙うかもしれない」

割田は決め込む。

「いくら拙者といえども、吹き矢で狙われたらどうなるかわかりませぬ」

九郎兵衛は正直に語った。

「だから、こちらも同じ手を使う」

「つまり、吹き矢で武内を狙うと？」

「そうだ」

割田は小さな声で言った。

「そんな卑怯な真似はしないでもらいたい」

九郎兵衛は不快そうに言う。

「卑怯なのは向こうだ」

割田は吐き捨てる。

「相手がいくら卑怯な手を使おうが、拙者は正々堂々と戦う」

「しかし」

「ならば、拙者を狙う吹き矢の主を倒していただきたい」

「…………」

「よろしいですか」

九郎兵衛は念を押す。

「いいだろう」

「でも、うまくいきますかな」

「うむ。奴がいるからな」

「奴？」

「名手がいる。それは、こちらのこと故、気にせぬでよい」

割田は言い放った。

やがて、九郎兵衛は呼ばれた。

試合は庭で行う。

陣幕が張られ、中央には正木美濃守忠次が背筋を伸ばして座る。その横には、江戸家老や重役が並ぶ。

少し離れたところからは家臣たちも見守る。まるで、派閥ごとに分かれているかのように、割田派は九郎兵衛の側に、武内派は春高の側にいた。

「防具はなしで、木刀で勝負というが」

美濃守はそのような試合で怪我でもしたら、如何するときいてきた。

「竹刀では、本当の剣術の強さはわかりません」

九郎兵衛が、春高より先に答えた。

春高は九郎兵衛をちらっと見てから、

「同じく」

と、太い声で、短く答えた。

「それならば構わぬが」

美濃守は心配そうな顔で、

「ふたりとも大切だ。万が一のことがないようにしてもらいたい」

と告げた。

万が一のことが大怪我を負うことなのか。それとも、この試合によって、どちらかの派閥が主導権を握ることなのか。

九郎兵衛は、美濃守の顔を見た。どちらともつかない表情である。

審判は小姓がすることとなった。

「では、よろしいですかな」

小姓が確かめた。

九郎兵衛は木刀を正眼に構えた。

春高も同じ構えであった。

「はじめ」

小姓が合図をする。

それまでざわついていた場が、一気に静まり返った。

「えいっ」

いきなり春高が口火を切った。

木刀を担ぐようにして、大きく踏み込んできた。

面に向かって打ち込んでくる。

九郎兵衛が木刀で受けると、春高はすぐに刀を離して飛び退いた。

そして、また同じことを繰り返した。

九郎兵衛は出方を窺った。

挑発しているのか、油断させようとしているのか。

だが、それが三度も繰り返されると、打つ手がないので時を稼いでいるだけかもしれないと思った。

九郎兵衛は木刀を腰より低い位置で構えた。

相手が同じように出てきたら、今度は攻撃を躱して、隙を突く。

だが、九郎兵衛の動きを春高は読んでいるのか、足を止めた。九郎兵衛はじりじりと間合いを詰めた。

「そりゃ」

春高が耐えきれなかったかのように、すさまじい勢いで突いてきた。その木刀を、九郎兵衛は払った。

　木粉がわずかに散った。

　春高が体勢を崩した。

（いまだ）

　九郎兵衛は木刀を振り上げた。

　その時、

「待たれよ」

　と、突然声がかかった。

　桂蔵人が前に出てきて、

「あそこを」

　と、高い木の茂みを差した。

　九郎兵衛がそこに目を遣ると、黒い影が瞬時にどこかへ消えていった。

「誰かが忍び込んでいる」

　江戸家老が声をあげた。

　それを合図とばかりに、家来たちは美濃守を守るように囲い、御殿へ移動した。

「まさかとは思うが」

春高が、九郎兵衛に近づいてきた。

「……………」

九郎兵衛はそれに答えず、割田を目で探した。

だが、見当たらない。

「この試合はまだ終わっておらぬ。下知を仰ごうではないか」

春高が促す。

「ああ」

九郎兵衛は春高の少し後ろを歩いて、御殿に入った。

広間に移ると、重役たちがいた。江戸家老、さらには割田が入ってきた。

それからしばらくして、美濃守もやってきた。

「一体、なにがあったのだ」

美濃守はまだ状況が摑めていない様子である。

「憚(はばか)りながら」

春高が声をあげた。

「うむ」

言ってみろというように、美濃守は顎をしゃくる。

「この勝負、裏があると見えます」

「裏？」

「松永殿を勝たせるために、試合中に吹き矢を使って拙者を狙った者がいたと思われます」

春高がそう言うと、

「言いがかりである」

と、割田が口を挟んだ。

「待て、春高の話を」

美濃守は割田を制した。

割田はバツが悪そうに黙った。

「それで？」

美濃守は続きを促した。

「いま話に割って入ろうとしたところから見ましても、割田殿が画策したに違いありません」

　春高はいつになく、毅然と言った。

「三樹三郎」

　美濃守は厳しい声を、割田に向ける。

「言いがかりにございます。そもそも、あの試合を見てもおわかりの通り、実力は松永殿が一段上にございます。今にも負けそうなときに、桂が出てきて、難癖をつけたに違いありません」

　割田も堂々と言い返した。

「たしかに、そうだったが、何者かが木の上にいたことは確かだ」

　美濃守は、それが誰なのか調べなければならないと告げた。

　それから、九郎兵衛と春高を交互に見て、

「この状況では、試合はできぬ」

　と、告げた。

「はっ」

　春高は即座に返答した。九郎兵衛も従わざるを得ない。

だが、心の中は穏やかではない。

すべて、春高が仕込んだことだ。

割田が、忍びのようなものを使って狙ってくるのを予測していた。そして、裏をかいて難癖をつければ、試合は中止になる。

威厳を損なわずに済むという魂胆だ。

「恐れながら申し上げます」

九郎兵衛は顔をあげて、

「また再試合をさせていただけますか」

と、美濃守に問う。

美濃守は重臣らを見た。

ひとりが膝を前に進めて、「まずは、あれが何者なのか。それを見極めてからでないと、なりませぬ」と、意見した。

同意する重臣らが多かった。

その話をしている最中に、廊下から足音が聞こえ、「失礼いたしまする」と、襖が開いた。

「男の死体を発見しました。吹き矢を持っていました」

その報せが入ったとき、割田の顔が一瞬ぎょっとした。

「で、誰かわかりましたか」

春高がきく。

「出入りの商人、『加納屋』の南助にございます」

「『加納屋』の南助といえば、割田殿の肝入りで出入りしていたのではございませんかな」

春高が江戸家老を見る。

「左様」

江戸家老は苦い顔で頷いた。

重臣らが一斉に割田を見る。

「何故、このようなことが起きたのか。調べてみましょう」

割田は落ち着き払った声で言う。しかし、心のうちでは、焦っているのかもしれない。

「調べるのは、他の者がよろしかろう」

春高が声をあげた。

続けて、

「本来であれば目付の仕事かもしれませんが、割田殿も怪しい点がある故に」

と、付け加えた。

割田は不満そうに、辺りを見渡した。

春高に反対する者はいなかった。

「では、然るべき調べをするとしよう。それまで、何者も勝手な振る舞いは許さぬぞ」

美濃守は割田に、それから春高に顔を向けて重々しく告げた。

その場は、解散となった。

御殿から出て、割田が近づいてきた。

「話がある」

この場ではなく、あとで大珠寺へと言われた。

ただし、尾行には気を付けるようにとも念を押された。

九郎兵衛は上屋敷を出て、遠回りしながら、大珠寺へ行った。

山門の前に、小僧が待っていたかのように、箒を持ちながら立っていた。

「誰もいないようですね」

小僧は恐い顔で九郎兵衛の背後に目を遣った。

「ああ」

九郎兵衛は小僧を通り越し、山門をくぐり、庫裏(くり)へ向かった。いつにもまして、寺の中がしんと静まり返っている。

庫裏の手前で、唐水が木にもたれながら、庫裏を写していた。九郎兵衛が覗き込むと、まるで実物かと見間違えるほどの庫裏が描かれていた。大和絵でも浮世絵でもない。

「お前さんらしくない」

九郎兵衛はかがみこんで、唐水と目の高さを合わせた。

「松永さま、今日試合があったとか」

「訳あってな」

「訳？」

唐水が不安そうな顔をした。負けたと思っているのかもしれない。

「試合は中止になった」

九郎兵衛は詳しく答えず、

「前の絵の方が、面白みがあった」

と、覗き込みながら言った。

「今はいかに忠実に描けるのかを極めたいと思いまして」

この手法は、昔、長崎にいた頃にオランダ人から習ったそうだ。奥行きを出して、さらに子細まで描いている。目を凝らしてみなければわからないような塀の木目も表していた。

「たしかに、ありのままだ」

九郎兵衛は改めて見た。

葛尾藩の上屋敷や、『鯰屋』で見た唐水の絵には、色々な見方ができた。見る者に考えさせ、そこが一種の面白みに繋がっていた。それがなくなってしまった。

「俺の好みではない。きっと、俺以外にも」

九郎兵衛は素直に言った。

「いいんです。ここから、新たな若狭唐水を作り上げてみせます」

唐水はやる気に満ちていた。

「どういう心の移り変わりだ」

「今後、誤解されないようにでございます」

「誤解？」

「三宅島に流罪になった件です。また何か文句をつけられてはいけませんから。特に、今後松小路家の養子になるのであれば、尚更、言いがかりをつけられるようなものは描けません」

「だから、ありのままを描こうとしているのか」

「そうです。今までの好さを生かしつつ、どうやったら新しさを出せるのか。そこを思案しているところにございます」

唐水は穏やかに語った。

まだ上屋敷内でのことを知らないのであろう。

九郎兵衛は唐水から離れて、庫裏へ入った。

二

庫裏には雪斎がいて、茶を出してくれた。すでに、試合のこと、そして出入りの『加納屋』の南助という男が死体で見つかったことは伝えられているようだ。

「それにしても、松永さまも災難でしたな」

「まんまと騙された」

もっと、警戒すればよかった。九郎兵衛は、試合を延期した時点で、なぜ疑わなかったのか、後悔した。

雪斎は仕方がないことだと、励ました。

そうこうしているうちに、割田がやって来た。

この寺で会うのは初めてである。この兄弟が並ぶ姿を見るのも、初めてだ。改めて比べてみると、ふたりともよく似ていた。

しかし、雪斎には割田のような愛嬌はない。その代わり、腹黒さは感じられない。

「割田殿」

九郎兵衛は呼びかけた。

「殺された『加納屋』の南助というのは、誰なのだ」

「松永殿は知らぬでもよいもの」

割田は突き放すように言う。

「しかし、その者を使って、武内春高を仕留めようとしたのか」

九郎兵衛はきいた。

「拙者との話し合いでは、拙者を吹き矢で狙う者を倒すということではなかったか。それより、拙者を吹き矢で狙っている者はいなかったのではないか」

「見事に、裏をかかれた」

割田は呻くように言う。

「どういうことだ？」

「見てのとおりだ」

割田はあくまでも敵が上手で、自分には非がないと言わんばかりである。

それから、割田はいかに春高がずる賢いかを語りだした。

正直、九郎兵衛には興味がない。このような面倒なことに巻き込まれるのであれば、引き受けるべきではなかったとも思う。

いま最も気になるのは、

「それで、妹の身に危険はないのであろうな」

と、いうことだった。

「わからぬ」

割田は厳しい顔で言う。

「わからぬとは」

「早々に、武内をどうにかしなければ、お紺さまだって」

割田は責任を九郎兵衛に押し付けるように言った。

その様子を、先ほどから一言も発していない雪斎が冷ややかな目で見ている。

「兄上」

ついに、雪斎が口を開いた。

割田は無言で、雪斎を見る。

「南助のこと、お伝えすべきでは?」

「うむ」

腕を組んで少しの間考えた割田が、

「南助は、小山内銀四郎だ」

と、言った。

「なに、小山内だと。唐水の用心棒の？」

「そうだ」

「町人に変装させていたのですな」

九郎兵衛はきく。

「いや、逆だ」

「逆？」

「町人が武士に変装した。まあ、あいつのことなど、どうでもよい。この試合で、一気に形勢が逆転した。武内にもう一度勝負を挑むことはできないだろう」

「だったら、どうするというのです？」

「南助を殺した者を捕まえ、誰の指図かを問い詰めるしかない」

割田が言うと、

「本田歳月ですな」

雪斎が口を挟んだ。

「それもそうだが、幾太郎を考えていた」

割田がぶっきら棒に答える。

「あの神奈川宿で拙者らを襲った生き残りか」

九郎兵衛はきいた。

たしか、死んだのは伝五と平八というふたり。逃したのが、その男だ。

「幾太郎がお前の倅を殺したのは確かだ。本田歳月が光浦殿を殺したというのは、証がない」

「幾太郎には、証がございますか」

「松永殿が死体から抜き取った物がある」

「あれは、伝五か平八のものでしょう」

「三人が同じように薬の行商に化けていたことは明らかだ」

「だからといって、あの時に、幾太郎が一緒にいたということは言い切れません」

雪斎が異を唱えた。

「それならば、幾太郎が殺したのではないというのか」

普段声を荒らげない割田が、珍しく激昂した。

だが、すぐに落ち着きを取り戻し、

「あれは幾太郎の仕業だ」

と、厳しい口調で言う。

「しかし、幾太郎は今までに捕まることもなければ、何ら問題を起こしていません。

ただ、本田歳月は悪評があります。武内さまがそれと関わっているのだとしたら、
これは訳が違います」

雪斎は冷静に言う。

「お前の言う通りだ」

割田は今まで反論していたのが嘘のように、すんなり受け入れた。

「早々に唐水の養子縁組を進めなければならない」

独り言のように決め込んだ。

それから、すっと立ち上がり、

「さっそく動く」

と、部屋を出ていった。九郎兵衛にどうせよということは、一言もなかった。

「松永さま、お見苦しいところをお見せして失礼しました」

雪斎が謝った。

「いや、あの割田殿がこうなるとは思いもしなかった」

「私に対してだけでございます。どうしても、口では私を言い負かすことができないので、悔しいのでしょう」

「そうか」

九郎兵衛はぬるまった茶を飲んだ。

だが、味は落ちていなかった。あらかじめ、ぬるくなってから飲むことを予測して点てたかのようだ。

「お主は、どこまでも先を読む」

そう呟き、九郎兵衛はもう一度、茶を口に含んだ。

割田と初めて会ったときにもそれを思ったが、この男はそれ以上だ。

「読めぬこともございます」

雪斎は静かに言った。

「今後の動きは、もう読めるだろう」

「まずは唐水先生との養子縁組を早めるでしょう。もう割田家との養子縁組は終わりましたから、次は正木家。さすがに、そこまでくれば、唐水先生を表立って襲うということはないです」

「だが、敵には幾太郎という忍びがいるのではないか」

九郎兵衛は懸念を口にする。

「今のところ、襲ってきていません」

「それは小山内銀四郎、いや南助がいたからではないか？」

「そうです。しかし、正木家との養子縁組が終われば、もうこの寺で庇護することなく、上屋敷で堂々と暮らすことができます。そうすれば、いくら敵方に優秀な忍びがいようとも、容易に近づくことはできません。それに……」

雪斎は何か言いかけたが、言葉を止めた。

「なんだ」

九郎兵衛がきく。

「いえ、こちらにもまだ優秀な忍びがおりましてな」

雪斎は意味ありげに言った。

九郎兵衛は大珠寺を出て、芝の自宅に向かって歩いていた。

金杉橋（かなすぎばし）を過ぎたところで、目の前から四十歳くらいの鼻が高く、しっかりとした顎の侍がやってきた。九郎兵衛を待ち伏せしていたかのように、寄りかかっていた道端の木から体を離して声をかけてきた。

「松永九郎兵衛殿」

目つきがやけに鋭い。

葛尾藩の屋敷では見たことのない顔だ。

それに、言葉にどこか水戸訛（なま）りが入っている。

「水戸か」

九郎兵衛は出し抜けにきいた。

「生まれは」

男は短く答える。

それから、

「鵜飼吉左衛門（うかいきちざえもん）と申す。ここのところ、よく九段の国士塾に出入りしておりますな」

　と、一方的に言った。

「ああ」

　嫌な気がした。

「何をしに行っていたので？」

「道場破りだ」

「そんなに、何回も？」

「一度で決着が付かなかったからな」

「聞くところによると、本田歳月という浪人を探しているとか」

「…………」

「正直にお話しくだされ。葛尾藩内部で争いが起こっているのではあるまいか」

　鵜飼の目つきが、さらに厳しくなる。

　人を殺したことのある目つきであった。しかも、何かあればすぐにでも殺すといった気概も感じられる。

　だが、猪武者（いのししむしゃ）ではなく、頭が切れて冷静沈着に人を殺すことができる男と見た。

「水戸の生まれといったな」

九郎兵衛は確かめる。

「ああ」

鵜飼は頷いた。

「いまも水戸で仕えているのではないか」

「いかにも」

「なぜ嘘をつこうとした」

「嘘ではござらぬ。それに、変な詮索をされては困る」

「変な詮索？」

「話を戻そう」

鵜飼は再び、

「葛尾藩の目付割田三樹三郎と、剣術指南役の武内春高が対立している。それに若狭唐水を割田家の養子にして、さらに正木家の養子にするつもりなのだな」

と、すべて調べてあるといわんばかりの断定する口調で言った。

正木家の養子の先には、松小路家の当主になる。

そこまでは、まだ知らないのだろう。

「もし、そうだとしたら」

九郎兵衛は念のために、いつでも愛刀三日月を抜ける心構えをした。

鵜飼の目が、ちらりと手元に落ちる。が、すぐに九郎兵衛を見た。

「徹底的に調べるまで」

鵜飼は落ち着き払った声を放った。

「松永殿はどちらの味方をしても、得をしない」

「俺には葛尾のことなどどうでもいい」

九郎兵衛は首を横に振る。

「妹が美濃守の側室となっておろう」

「妹は、妹だ」

「それに、鯰屋権太夫の命で動いている」

鵜飼は決めつけた。

「…………」

九郎兵衛は答えなかった。

「どうなのだ？　権太夫を知っているな」

「なぜ、そんなことをきく？」

九郎兵衛は逆にきいた。

「某（それがし）が調べていることに、関係がある故」

鵜飼は鋭い声で言う。

「権太夫のことを知りたければ、直接本人からきくがよい」

九郎兵衛は睨みつけるように返した。

「そのつもりである」

鵜飼は当然のように答えた。

それから、

「松永殿は、権太夫をよく知っているはずだな。なにより、牢を出るときには、権太夫の力が働いたからな」

と、問い詰める。

ここまで相手に知られていて、さすがに権太夫を知らぬとは答えられない。

「何故に、そのようなことを？」

「騒動があるなら、幕府に知らせなければならぬ」

その言葉の裏には、正木家を取り潰したい旨が感じられた。

水戸というのが関係しているのではないかと思った。

老中首座の水野忠邦が推し進める改革に反対し、老中太田資始が水戸藩主徳川斉昭を利用して忠邦を幕閣から追放しようとした。しかし、斉昭が動かず失敗し、資始は天保十二年（一八四一年）、幕閣から追放された。

徳川斉昭にどのような思惑があるのかわからないが、正木忠次は『鯰屋』と関わりがあり、さらに出世街道を歩んでいる以上、老中首座の水野忠邦にも気に入られているものとみえる。

正木家を御家騒動で懲罰することが目的なのか、それとも、それにかこつけて、水野にも責任を取らせようとしているのか。

「俺にどうせよと？」

九郎兵衛はきくしかできない。

待っていたとばかりに、

「ともかく、松永殿は何もせぬことだ。割田だろうと、武内だろうと、ただ黙って見ていること」

「もしも」

九郎兵衛が続けようとしたところ、

「そうならぬことを願っている」

刀に手をかけるような素振りで、鵜飼は去っていった。


その日の夜、このことは、さっそく権太夫に伝えた。

権太夫は苦い顔をして聞いていた。

「鵜飼さまというと……」

どうやら、知っている様子である。

この男は、どこまでも手広い。知らないことはないのではないかとすら思う。それだけに用意周到だが、鵜飼がこの件に絡んでくることは、意外だったようだ。

「鵜飼とは、何者だ」

九郎兵衛はきいた。

「代々、徳川光圀(みつくに)公によって開始された『大日本史』の編纂をしている家柄。だが、元をたどれば、甲賀忍者です」

「甲賀忍者か。只者ではないとは思ったが」

九郎兵衛はその時、覚えた違和感について話した。

大体、九郎兵衛の予測した通り、

「正木家を改易させようと企んでいるのでしょう。徳川斉昭さまがそのようなことを指示しているかわかりませんが、水野さまを陥れる策かもしれません」

と、権太夫も睨んでいた。

「水野越前守殿とは懇意であろう」

九郎兵衛は思い切ってきいた。

いままで、鯰屋権太夫がいかにして、幕府と繋がっているのかは知るところではなかった。

この機であれば、ふと漏らすかもしれない。

淡い期待を寄せた。

権太夫は、「水野さまだけが特に親しいわけではございません」と、はぐらかそうとする。だが、いつもの恐ろしいほど不気味で不敵な笑みは、権太夫にはなかった。

それから数日間。

九郎兵衛は常にだれかに尾けられている気がした。

（鵜飼か）

至る所で、辺りを見渡したり、振り返ってみたりするが、そのような影は見当たらない。

しかし、気のせいとは思えない。

割田に相談した方がよかろうか。それとも、いまは安易に葛尾藩と関わらぬ方がよいのか。

結局は、割田の元へは行かなかった。国士塾へも行かなかった。知り合いの剣術道場で、稽古を積んだ。

本田歳月を倒すためである。

朝から夕方まで道場で汗を流して、夜になれば、自宅の近くの神社の境内でひとり素振りに励んだ。

それが十日余り続いた。

九郎兵衛を尾行している者がいなくなった。

そんな折、九郎兵衛の元に大珠寺の小僧がやってきた。割田からの文を預かっていた。

そこには、六月十六日に上屋敷に来るように書かれていた。

三

この日は将軍から大名や旗本に菓子を与えられる嘉祥(かじょう)の儀が行われた。

由来は平安時代、仁明(にんみょう)天皇の治世下に疫病が蔓延したことから、承和十五年（八四八年）の六月十六日に仁明天皇が菓子や餅を神前に供え、疫病退散を祈願して元号を「嘉祥」と改めたことに始まる。この際、家臣に十六種類の食物を賜ったともいわれている。

嘉祥の儀はその後も受け継がれる中で、やがて宮中から武家にも拡がった。

江戸城では大広間に二万個を超す羊羹(ようかん)や饅頭(まんじゅう)が並べられ、将軍自らが大名や旗本に与える。

武家から庶民にも伝わり、この日は十六文で菓子を買ったり、十六個の菓子を食べたりするなど、様々に親しまれている。

正木美濃守忠次が江戸城へ登城したのち、自らも藩邸にいる家臣たちに菓子を振る舞った。

その席に、九郎兵衛も呼ばれたのだった。

お紺の兄として招いたとのことだ。初めて見る面々がいる中、唐水の姿が美濃守の近いところに見えた。美濃守と日頃から親しくしている茶人、歌人、俳人などの文化人たちもいた。鯰屋権太夫もその場にいた。

さらに、武内春高の姿まであった。

そして、この席で、

「実は内密に進めていたことがある」

と、美濃守は唐水を一同の前に来させた。

唐水は気まずい顔をしながら、一同に頭を下げる。

「ここにいるのは、皆もご存じの通り、絵師の若狭唐水先生だ。唐水先生はこれより、我が養子となる」

美濃守が告げると、一同はざわついた。春高は奥歯を噛みしめているかのような顔をする。

割田は冷静な表情ながらも、してやったりと思っていることだろう。

唐水は、今や正木家の嫡男である。半年後に松小路家と養子縁組するからといって、無下に扱うわけにもいかない。

周囲は、唐水を敬うようにしている。

会が終わってから、九郎兵衛は権太夫に呼ばれた。

屋敷の茶室へ移った。

「こんなところで、どうしたのだ」

九郎兵衛はきいた。

「まだ集まっておりません。もうひとかた来るまで待ちましょう」

権太夫が言った。

待っている間、権太夫は金の話をしだした。今回の任務における手当てを弾んでくれるというのだ。

黙って貰えるのであれば、有難い。しかし、今までの状況からみても、そのような生易しいことではないように思える。

「どういう訳だ」

「後ほど」

「もうひとり来るまで待てというのか」

「左様で」

「いつまで待たせる。どうせ、割田殿であろう」

九郎兵衛がそう言った時、外で足音がした。

にじり口がゆっくりと開く。

屈んで入ってきたのは、美濃守であった。

「これは美濃守さま」

九郎兵衛は思わず頭を下げた。

「すまぬ。普段、窮屈な暮らしをしている故」

「窮屈と仰いますと？」

九郎兵衛がきき返すと、

「どうか意を汲んでくださいませ」

権太夫が言った。

「堅苦しい話になるが」

美濃守は厳しい顔をした。

「なんなりと」

権太夫が促す。

「ハザマ先生が養子に入った。ここまでは計画通りである。しかし、困ったことが起きた。先日、松小路さまが倒れたとの報せが入った」

「病で？」

九郎兵衛がきき返す。

「詳しいことはわからぬが、早馬でそれだけが伝えられた」

「襲われたわけではないのですな」

「そうではなさそうだ」

「毒を盛られたということは？」

「わからぬが」

美濃守は首を傾げた。

「ともかく、松小路さまは江戸に来たいと申しておる。そこで、お主にお願いがある」

「なんなりと」

「今度は京へ行き、松小路さまが江戸までお越しになるのを護衛してくれぬか」

「拙者が？」

「江戸に戻って、ひと月も経っていないで、また出かけさせるのはすまぬと思っておる。だが、他に頼める者がおらぬのだ」

美濃守は深々と頭を下げた。

「これは、割田殿はご存じのことでしょうか」

「いや」

「どういう訳で？」

九郎兵衛はきいた。

「…………」

美濃守は黙っている。

本来であれば、割田がこの席にいてもおかしくはない。それがいないということは、美濃守は割田を遠ざけようとしているのか。

それは、あの試合で春高を木の上から狙おうとしたからではないか。

九郎兵衛は美濃守の目をまじまじと見た。

「松永さま」

権太夫があまり詮索させないようになのか、割って入る。

だが、美濃守は、

「おそらく、お主の考えている通りだ」

と、発した。

「三樹三郎のことを信用していないわけではない。目付としてもこれ以上ないほど優秀だ。しかし、先日の試合。どうも、解せぬ」

美濃守が厳しい顔をする。

「だからといって、九郎兵衛、そちを疑ってはおらぬ。三樹三郎と春高がもめていることは、この権太夫から聞き及んでおる。たしかに、春高にも本田歳月というよからぬ輩と繋がっているという噂があるらしいが、それにしても、三樹三郎の行いは度が過ぎている。松小路さまとの件は、そのような勝手な振る舞いは許されない。

だから、三樹三郎を外した」

「左様でございますか」

「そちのことは、お紺より常に聞いており、信頼を寄せている。丸亀藩を抜けた理由も、余はおかしいとは思わぬ」

「そのお言葉、有難い限りにございます」

九郎兵衛は平伏した。

「そう畏まるでない」

美濃守は優しい微笑みを漏らした。

「ともかく、松小路さまの護衛を頼めるのは、九郎兵衛しかいない」

「そこまで仰られたら、この九郎兵衛、断るわけにはいきません」

成り行きではなく、期待されることには滅法弱かった。特に、この美濃守とは馬が合う。

「京へ行き、松小路さまのお屋敷へ行けばよろしいのですか」

さっそく、詳細に入った。

京へ行くのは、実に十年ぶりだし、なにより土地勘がない。

権太夫は懐から京の町の地図を取り出した。

中央に、二条城がある。北に行くと、京都所司代屋敷と書かれている。ちょうど、その隣にあるのが松小路屋敷だと、説明された。

「急ぎかけつけてほしい。むろん、早駕籠をつける」

江戸城松の廊下事件の折に、浅野内匠頭が吉良上野介に斬りかかった一報が赤穂へ伝わったのは、四日と半日後であった。つまり、江戸から赤穂までの道のりをたった四日半で行ったのだ。京はその手前にある。

「体に堪えるであろうが、三日もあれば京に着ける」

昼夜問わず、駕籠を乗り換えながら行かなければならないのは承知のことだ。ただ乗っているだけとはいえ、駕籠は揺れるし、呑気に寝ているわけにはいかない。一睡もできないであろうと、覚悟はできた。

「すでに駕籠を用意してある」

美濃守が告げた。

ただし、上屋敷ではなく、大珠寺から出るという。

届ける文などはない。松小路公人を江戸に連れてくればいい。

唐水の時よりも、もっと厄介なことになりかねないと腹を括(くく)った。


三日後。

京には、予定通りに到着した。

その頃は、もう体がぼろぼろであった。ろくに寝ることさえできなかった。寝てしまいたたい気持ちと、早く江戸に帰らなければならない使命感のふたつを背負っている。

松小路の屋敷は、行きかう行商にきき、すぐにわかった。

大きな門に、陽の光を照り返す白壁が屋敷を囲んでいる。

やけに静まり返っていた。

九郎兵衛は門番に近づき、

「美濃守さまの名代で、江戸から参った松永九郎兵衛と申す」

と、名乗った。

すると、相手はすぐに察した。

さっそく門を通してくれた。庭を通った先で、案内を務める児小姓(こごしょう)がいた。紅顔の美男子で、きめ細かな肌に、やわらかい口調が、たとえ児小姓といえども、いかにも京の貴族に仕えていると感じられた。

「松小路さまのご容態は？」

「未だよろしくございません」

「何があったのですか」

「食あたりのようですが……」

児小姓は口ごもったが、

「わかりませんが、毒かもしれません」

と、続けた。

「心当たりは？」

「料理人が怪しゅうございますが、問題は誰がそれをやらせたのか」

「うむ」

九郎兵衛は唸った。

だが、いまは誰が狙ったのかを探るよりも、一日でも早く松小路を江戸まで送り届けることに専念しなければならない。

江戸までの道中は、行きのように、早駕籠に乗るわけにはいかない。

十日ほどかけて、江戸へ向かうしか方法がない。

客間でしばらく待たされたのち、松小路公人がやって来た。やつれた頰に、目の色が濁り、青白い肌であった。

「わざわざ、江戸から来ていただいてすまない」

体だけでなく、声も細々としている。

「いえ、美濃守さまの命なれば」

「聞くところによると、美濃守の側室の兄だとか」

「左様で」

「それはいい。家来よりも、そういう者が信頼に値する」

松小路は力なく笑った。

「どういうことでしょう」

九郎兵衛はきいたが、それが松小路には聞こえなかったのか、答えない。

話をしていると、「馬の準備が整いました」と、児小姓がやって来た。

表に出ると、白馬が二頭いた。

「これは？」

九郎兵衛は児小姓にきいた。

「愛用になられている馬でございます」

「これでは、敵に狙われやすい」

「敵？　人の多い東海道を行くのだから、まさか、道中狙ってくることはありますまい」

児小姓は、呑気に答える。

九郎兵衛は呆れつつ、松小路を見た。

「すまぬ。このようなことに手慣れていなくて。すぐに他の馬を用意させる」

松小路は答えた。

その場で待つと、すぐに他の馬がやって来た。黒鹿毛(くろかげ)の毛並みがよい馬で、しっかりとした四肢だ。

「では」

松小路が馬にまたがると、九郎兵衛も乗馬した。

他に供の者はいない。

り返っていた。

「どうか、ご無事で」

児小姓は別れを告げた。

松小路屋敷を発ったのは、昼前であった。松小路は名残り惜しそうに、屋敷を振り返っていた。

二日後の夜には、四日市宿に着いた。馬で移動といっても、早馬のように極端に急がせはしなかった。

道中、九郎兵衛は常に周囲を気にした。さすがに、内大臣が供の者をひとりだけ連れて移動しているとは思うまい。

だが、道行く旅人がちらりと、松小路を見るたびに、九郎兵衛は警戒した。

翌朝、四日市宿を出た頃、

「今回の養子縁組の件、どこまで進んでおるのだ」

と、松小路は心配そうにきいてきた。

「ちょうど、私が江戸を発った日に、唐水さまは正木家にお入りになりました。正式に養子にと。あとは、松小路さまに江戸に来ていただいて」

すでに幕府の許しは得ていた。

「では、あとは松小路との養子縁組が済めばいいのだな」

松小路はどこか暗い様子で言う。

「どうなさいましたか」

「いや、わしの最後の仕事だと思ってな」

「何を仰います」

「もう先は長くない」

「そんな」

「いや、わかっておる」

「しかし、毒を盛られたかもしれないのに、こうやって生きながらえているのです」

「最後の大仕事をさせようとしているのだ」

松小路は天を仰ぎつつ言った。

それから、少し先に見える桑名城に目をやりながら、

「もしかしたら、わしの娘婿に命を狙われているのかもしれない」

と、暗い声色で言った。

「娘婿と仰いますと、公家の蓼科氏政ですか」

九郎兵衛はきき返す。

「ああ」

「どうして？」

「きっかけは一年前だ。まだハザマ先生が京にいた頃。氏政は、わしの名を使い、大坂から長崎へ生糸を運んでいた」

「生糸で、ございますか」

「訳を問いただしたが、知らぬ存ぜぬで突き通そうとする」

「その生糸というのは、どこから運ばれてきているのですか」

「それは、わからぬ。調べようと思ってみた頃から、氏政の態度が変わった。それから、命の危険を感じるようになった」

「それならば、蓼科さまを問いただせば？」

「そうもいかぬ。情けない話だが……」

松小路はため息をつきながら、

「娘が、氏政に嫁いでおる」

と、小声になった。

つまり、嫌われたくないということか。それだけの理由で、不問にするつもりか。

九郎兵衛はどことなく、松小路公人という人物の度量の小ささを感じた。

それを本人もわかっているのか、

「本来、わしは松小路家の当主になることはなかった。五男として生まれて、誰も当主になると思っていなかっただろう。それゆえ、のんびりと育てられ、若いときには遊び惚ける日々だった。それが、長男と次男が火事で亡くなり、三男は他家に養子へ行っており、四男は優秀であったが病弱であるが為に、当主となれなかった。だから、わしがなったというわけだ。公家としての公務などは何もわからず、言われるがままのお飾りであった。娘を蓼科家へ嫁がせることにしたのは、氏政の手腕に期待していたからだ。身分はそれほど高くはなく、歯に衣着せぬゆえ、他の公家から疎まれることもあったが、本来であればあのような者が松小路の家を継ぐべきだったと思っている」

「だからこそ、蓼科さまの後ろ盾として、たとえ幕府に睨まれても擁護してきたのですか」

「そうだ」

松小路は頷いた。

傾きかけた陽が、松小路の顔の半分を照らす。後悔しているのか、切ないのか、複雑な表情をしていた。

それ以上先は口ごもって聞き取れなかった。

「しかし、いくら娘婿であろうとも、内大臣の名を借りて荷物の運搬を行うというのは許されることではありません」

「むろん」

「それを放っておけば」

「わかる。だから、美濃守に相談をした」

「そうとは知りませんでした」

「美濃守のことだ。そのようなことは口外しないのだろう。だからこそ、わしはあの者を信頼できるわけだが」

そんな話をしていると、桑名宿が見えてきた。

人通りが多いところでは、松小路はその件に関しては話してこなかった。唐水は元気なのかとか、松小路家の次期当主としてどう思うかということを訊ねられた。

「唐水は松小路家の当主になるからには勘違いされるような絵を描けないと言い、いまはどこまでも実物と見間違えるほど誠実な絵を描いております」

「そうか」

どこか寂しそうに言った。

そこから、話すのが辛いのか、口数が減った。

昼過ぎには宮宿まで進んだ。

大分、暑い。しかし、松小路は汗をかいていない。顔色はよくない。

「具合はいかがです」

九郎兵衛はきいた。

「先を急がねば」

松小路は声を絞るように出した。

「いえ、休みましょう」

もうこれ以上進むのは厳しい。

そう判断して宿をとった。宿の者も病人だとわかったようで、女中がすぐに夜具を敷いてくれた。

「明日、具合がよくなりましたら、進みましょう」

九郎兵衛は松小路を横にならせた。

「しかし……」

松小路は少し休んだら、先へ進むべきだと言い張る。

「途中で万が一のことがあってはなりません。宮宿には、腕の好い医者がいると聞きます。今、その者を呼んできます」

腕利きの医者のことは、まだ丸亀藩に仕えていたときに、耳にしていた。参勤交代の際、宮宿を通る。丸亀藩主も、一度かかったことがある者だ。

九郎兵衛は宿を飛び出した。

もう十何年ぶりであるが、診療所の場所は覚えていた。

そこに入ると、患者が何人か並んでいた。

「すまぬが、こちらは大事である故、急いで来てもらえぬか」

九郎兵衛は頼んだ。

日頃より、下手に出ることは苦手だが、この時ばかりは医者に頭を下げた。

「皆さん、そう仰いますが」

医者は渋々、宿にやって来た。

内大臣松小路公人だとは言っていない。なので、その医者は、「旦那」という風に松小路のことを呼んだ。

問診が終わり、

「だいぶ疲労が溜まっております。しばらく安静にしていた方がいいでしょう」

医者は薬を作って持ってくると松小路に告げた。それから、廊下に九郎兵衛を呼んだ。

「こんなことを申し上げるのは、非常に心苦しいのですが」

医者は顔をしかめる。

「なんだ」

よくないことを言われるとわかりつつ、九郎兵衛はきき返した。

「死相が出ておられます」

「どのくらい持ちそうなのだ」

「なんとも言えませんが、ひと月もてばいいかと。それも、安静にして、そのくらいかと」

「江戸まで行くとなれば？」

「勧められませんな」

「体力が持たぬと？」

「はい」

医者は小さく頷いた。

九郎兵衛はさっそく、そのことを認めた文を二通書いた。ひとつは美濃守宛てで、もうひとつが鯰屋権太夫宛てだ。

飛脚にそれらを持たせて、江戸に走らせた。二日ほどで文は届くだろう。

夕方過ぎに、松小路が目を覚ました。心ばかりか、顔色がよくなっている。ちょうど、時を同じくして、医者が薬を持ってきた。

薬の前に、何か食事を摂った方がいいと言われ、宿の者に卵粥を作ってもらった。

ゆっくりであるが、松小路は完食した。

これが、あとひと月も持たないのかと、複雑な気持ちであった。

薬を飲み終わると、

「医者に何を言われた」

松小路はきいてきた。

「しばらく、休んでいた方がよいと」

「そうじゃない。廊下に呼び出されていた」

松小路はしっかりとした目を向ける。

「お薬のことを」

「いや、わしの寿命のことを言っていただろう」

「聞こえましたか」

「そんな気がした」

松小路はか細い声で言うが、頭はしっかりとしている。ここで変に誤魔化しても、無駄だと悟った。

「持ってひと月ほどだと」

九郎兵衛は声を詰まらせながら言う。

「ひと月……。だが、安静にしてということだろうな」

「医者はそのように」

「こうやって動き回っていては、寿命はもっと縮まるな」

松小路はやるせなさそうに言った。

「ただの町医者の言うことです。当てになりません」

九郎兵衛は元気づけるように言う。

「だが、お主は腕利きの医者だと言っていたではないか」

「ですが」

九郎兵衛は迷いながらも、

「ともかく、少しでもよくならなければ、この先に進めません」

と言った。

「だいぶよくなった」

松小路は旅の支度を始めた。

「しかし」

「ともかく進もう」

松小路は気丈に振る舞うためか、笑顔を見せた。

九郎兵衛は心配になりながらも、松小路を制止することはできなかった。宿の主人にも止められたが、九郎兵衛らは振り切って、宮宿を出発した。

四

夜になり、岡崎宿に到着した。

松小路はさらに進みたいと言ったが、さすがに夜道を向かわせることはできないと、九郎兵衛は留めた。

また翌朝、七つ（午前四時）になってから、ふたりは宿を発った。

常に体調を気遣いながら進むことになったが、松小路は前日と違い、苦しそうな素振りを見せなかった。しかし、無理をしているのではないか、疑わしいところだ。

「つかぬことをお伺いしますが」

九郎兵衛は切り出した。

「なんでも」

松小路はかなり先の方に目を向けながら、聞き返した。

「蓼科さまに命を狙われていると思ったきっかけは、松小路さまの名義で生糸が大坂から長崎まで運ばれていたからなのですか」

九郎兵衛は確かめるようにきく。

「そうだ」

「蓼科さまはどうしてそのようなことを？」

「本人は認めていないから何とも言えぬが」

だが、考えるところはありそうだ。

九郎兵衛にも、ふと昨夜、ひらめいたことがあった。

「葛尾といえば、養蚕が盛んだそうで」

九郎兵衛は言った。

「そのようだな」

松小路は、遠くに向けていた目を、九郎兵衛に遣る。

「もしや、と思うのですが」

葛尾藩からの抜け荷ではないか、と九郎兵衛は考えた。

松小路は心許ない声で、

「だが、証はない」

とだけ言う。

それから、再び黙り込んだ。

抜け荷で利益を上げている藩は少なからずある。正木家の財政が潤っているのはそのおかげなのか。

しかし、正木がそのようなことをするだろうか。抜け荷をするにしても、勝手に松小路の名前を騙って蓼科との取引に応じれば、松小路に露見したときに問題になる。

「美濃守さまは、ご存じないのでは？」

九郎兵衛はふと、そんな気がして、松小路に言った。

「うむ、わしはあの男を信頼している」

「それだとしたら」

「国許の家老たちであろうか。美濃守は幕閣の仕事で忙しい故、国許の政に手を回す余裕はない。それをいいことに……」

「葛尾の家老とお会いしたことはございますか」

「いや、一度もないが、氏政から聞いたことはある」

「どのような方々なのでしょう」

「全くもって、話にならぬと怒っていた」

「つまり、使えぬと?」

「そうだな」

松小路は小さく頷く。

以前、割田も葛尾藩は藩主が優秀なことで、家老たちが無能であると口にしていた。だが、松小路が言うように、美濃守は国許の政には構っていられないはずだ。

すると、美濃守の代わりに手腕を振るえるのは……。

割田三樹三郎。

もしや、と思った。

「松小路さま」

九郎兵衛は改めて呼びかけた。

それから、

「割田三樹三郎殿とは面識は?」

と、きいた。

「もちろんある。甥の割田次郎が、江戸と京を往復していた。あの者は途中葛尾に寄ったりと、常に忙しくしていた」

松小路は思い出すように言う。

「割田三樹三郎殿と、蓼科さまのご関係はご存じですか」

「どうであろう。氏政からその話は聞いたことはないが、唐水が京に滞在しているときに、氏政との仲を取り持ったのは次郎であるし、三樹三郎とも関わりはあるだろうな」

松小路は答えた。

この日は夜五つ（午後八時）くらいに、藤枝宿に差し掛かった。次の岡部宿までは一里二十六町ある。

「こちらで泊まりましょうか」

九郎兵衛は提案した。

「いや、もう少し」

松小路は馬の歩行に、体を大きく揺らしながら言った。

月明かりはあるものの、大分暗い。

風がない蒸し暑い夜であった。

「では、岡部まで」

九郎兵衛は藤枝を通り越した。

それから、一里（約四キロメートル）あまり。

月が雲に隠れ、東海道といっても人通りもなくなった。

馬乗提灯（うまのりちょうちん）が足元を照らすが、少し離れると見えない。

不意に、風が吹き出した。木々の葉を揺らす。

突如、九郎兵衛は妙な胸騒ぎを感じた。

唐水と江戸を目指していた時に、神奈川宿で感じたのと同じ気配をどこからともなく感じたのだった。

九郎兵衛は馬の足を止めた。

松小路も隣で止まった。

「どうした」

松小路が厳しい声できく。

「拙者が合図しましたら、馬乗提灯を放ってください。そして、一直線に駆け抜けてください」

九郎兵衛は松小路に、無茶をさせるとわかりながらも言った。

「うむ」

松小路はそれだけで敵がいることを悟ったように、短く答えた。

ゆっくりと馬を進める。

まだ、月は隠れたままだ。

馬の蹄の音と、木々のざわめき、そして虫の音がやけに緊張して聞こえてくる。

ぴたりと風が止んだ。

それなのに、丑寅（北東）の方角から、微かに葉の揺らめきと木のきしみが聞こえた。

「さあ、いま」

九郎兵衛は音の鳴る方を見つつ、松小路に告げた。

提灯が弧を描いて、宙を舞う。

それと共に、黒い影が走った。

束の間、灯りは消えた。

松小路の馬は駆け抜けていく。

九郎兵衛は急いで馬から降り、夜目を凝らして、黒い影が走ってくる方向に刀を抜いた。

ビリッと布が裂ける音と、切っ先に微かに重みを感じた。

続けざまに、九郎兵衛は僅かに見える影の動きに合わせて、刀を振り下ろした。

甲高い金属音が鳴る。

九郎兵衛の愛刀三日月に、鎖が絡まった。

次の瞬間、いきなり引っ張られた。

九郎兵衛は思いきり抵抗した。

(敵の武器は鎖鎌だ)

刀同士の戦いであれば負けぬ。

しかし、こうなれば、相手の攻撃は予測できない。早く決着をつけるしかない。

鎖を断ち切ることもできない。

九郎兵衛は刀を返すと共に、地面に突き刺した。

右手で脇差を抜く。

もう一方の手で、鎖を摑んだ。それを引っ張りながら、闇に向かって脇差を振りかざした。

一度目は空振り。

だが、二度目で相手の骨に当たった。

その高さや角度、骨の硬さからして、肩だと瞬時に推し量る。そこから、相手の体つきを頭に思い描いて、心ノ臓をめがけて、思い切り突き刺した。

ぐさり、と鈍い音がした。

僅かに外れた、と感じた。

九郎兵衛の肩に、敵の手が乗った。だが、それもすぐに離れた。

「ううっ」

悶（もだ）える声がする。

声は若い。

「幾太郎か」

九郎兵衛はきいた。

「早く楽に……」

苦しそうに、懇願してきた。

「答えたらすぐに抜いてやる」

「…………」

「どうなのだ」

「…………」

「誰の命令だ」

「わり……」

「割田？」

思わず、声が大きくなる。

そのまま、男は息絶えた。

どうして、割田が松小路を襲うのだ。元々、唐水を松小路家の養子にという話は、割田が持ってきたものだ。

急に割田にとって都合の悪いことになったのか。

いずれにせよ、松小路を襲ったということは、護衛している九郎兵衛にも刃を向けたということだ。

九郎兵衛は松小路を探しに馬を走らせた。

五

馬がこちらに向かって走ってくる。馬上には、誰も乗っていない。

松小路に何かあったのか。

九郎兵衛は一度、馬から降りて、鞍(くら)を触った。

まだぬくもりがある。

九郎兵衛はその馬を近くの木に急いで繋いでから、道を先に進んだ。

すると、道の脇で倒れている男が、雲間から差し込む月明かりに照らされていた。

松小路であった。

九郎兵衛は松小路のそばにしゃがみこんだ。

「どうなされたのですか」

「眩暈(めまい)がしてな。気づいたら、落馬しておった」

「立ち上がれますか」

「いや、足を挫いたらしい」

九郎兵衛は肩を貸した。ゆっくりと立ち上がると、松小路はよろけたが、そのまま地面に倒れ込むことはなかった。

松小路を自分が乗っていた馬に乗せた。

九郎兵衛は松小路が倒れないように、馬を引きながら、半刻（約一時間）ほどかけて、岡部宿まで行った。


岡部宿に来ると、すぐに宿を取った。もう九つ（午前零時）近かった。

こんな遅くであるから、飯の支度はできないと言われた。いずれにせよ松小路は食べられる状態ではない。九郎兵衛は腹が減っていたが我慢した。

床を敷いてから、九郎兵衛は盥と手拭を用意してもらった。松小路の手当てをするためだ。

落馬したときのものか、体には擦り傷と打撲で鬱血した跡が何か所もあった。

処置が終わった頃、部屋を訪ねる者があった。

「失礼します」

低い声で入って来たのは、中肉中背の四十男であった。

地役人らしい。

「よろしいですか」

地役人は訝しげに松小路と九郎兵衛を見た。

「なんだ」

九郎兵衛がきく。

「いえ、宿の主人から何やら事情がありそうなふたりがお泊まりになっていると報せを受けたもので。念のために、来たってえわけです」

地役人は松小路と九郎兵衛を交互に見た。

「急用で江戸へ向かっておる。具合が優れず落馬したので、このように手当てをしているだけだ」

九郎兵衛は早く追い返すために、襲われたことは話さなかった。

地役人はそれには納得したが、ふたりに身分を明かすよう求めてきた。九郎兵衛は、ちらりと松小路を見る。

松小路は小さく頷いた。

「こちらが、内大臣松小路公人さま」

九郎兵衛は答える。

「やはり、松小路さまでしたか」

地役人は頷く。

「知っておるのか」

松小路は辛そうな顔できいた。

「はい」

地役人は再び、しっかりと頷く。

それから、九郎兵衛を見る。目がやけに黒々と光っていた。

一抹の不安を覚えたとき、

「貴方は、松永九郎兵衛さまですね」

地役人は言い当てた。

気味が悪い。

美濃守か、権太夫がここの地役人に伝えてあるのか。いや、だとしたら、最初からその趣旨を話すだろう。

（もしや）

九郎兵衛は、はっとした。

その瞬間、入り口からドドドッと何人もの役人が入り込んできた。

最後に現れたのが、鵜飼吉左衛門だ。水戸藩の家来で、葛尾藩のことを探っている者だ。

九郎兵衛の体は役人たちによって捕らえられた。

松小路に対しては、その体では逃げられないと思ったのか、それとも、高貴な者故に、粗暴に扱わないのか。いずれにせよ、取り囲むだけだ。

鵜飼は松小路に対して、

「内大臣。いえ、もうその役目を終えられておりますな」

と、意味ありげに言う。

「どういう……」

松小路は小さいが、力を込めた低い声できき返す。

「すでに関白の鷹司政通（たかつかさまさみち）さまより、松小路さまは背任、抜け荷などの罪で解任されております」

鷹司政通は文政六年（一八二三年）に関白に就任して以来、十数年も関白の座にいる。通例であれば、五年程度で辞するところを、それだけの長きにわたり在任し、さらにこれからも続けようとしている。

朝廷において、絶大な権力を持っている。

「まさか」

松小路は信じられない様子である。

「言い分はありましょうが、それは京に戻ってからなさってくだされ。審判は関白が下されます」

鵜飼は言い放つ。

「九郎兵衛」

松小路に呼びかけられると、鵜飼が間に割り入った。

「松永殿は江戸に護送する。さあ」

九郎兵衛は役人に引っ立てられて、松小路と最後の言葉を交わす暇もなく、宿を出た。それから、夜道を歩かされた。

岡部を出ると、丸子に着いた。

九郎兵衛は鵜飼の問いに、一切無言を貫いていたが、

「懐かしいだろう」

と、言ってきた。

「なに？」

九郎兵衛は思わずきき返す。

「若狭唐水先生を迎えにきたな」

「どうして、それを」

「葛尾藩のことはすべて調べると言ったであろう」

「………」

九郎兵衛は黙った。

それにしても、どのように調べたのか。葛尾藩でも知らないものが大半である。

すると、そのことを知っている者のなかに、鵜飼に報せた者がいる。

割田三樹三郎だ。

直感が、そう告げる。

九郎兵衛は、鵜飼に尋ねた。

だが、鵜飼は答えない。

「お前は、何の権限があってこのような真似を。こんな暴挙が許されるはずはない」

九郎兵衛は糾弾した。

「拙者は、使命を受けてやっておる。暴挙などと軽く言うでない」

鵜飼は怒って言い返してきた。

「暴挙に違いない。将軍の命であるのか」

九郎兵衛は負けじと、反論する。

「そういう松永殿も、勝手に動き回っていたではないか。武内春高に命じられ、割田次郎、光浦高之進を殺した。そして、正木美濃守の暗殺まで、武内春高や桂蔵人など、その他の家臣らと共に企てた」

とんだ言いぐさだ。

これは、すべて仕組まれたこと。

あの試合の一件から不利な状況に陥った割田が、九郎兵衛に汚名を着せて、自分は助かろうとした。いや、初めから切り捨てるつもりだったのかもしれない。

すると、権太夫はどうなる。

まさか、権太夫もそれを手助けしていたのか。

三日かけて、江戸までやって来た。

その間、葛尾藩で何が起きたのか、考えていた。

品川沖が見えたとき、

「正木美濃守さまは？」

と、尋ねた。

「美濃守殿には責任をとって蟄居していただくことになろう」

「蟄居……」

「おそらく、隠居するであろう」

「そうしたら、誰が後を継ぐのだ」

「若狭唐水先生だ」

鵜飼は九郎兵衛の顔など見ずに、ただ真っすぐ前に目を向けていた。

江戸市中は、すでに他人の庭のように、まるで違って見えた。

割田は端から九郎兵衛に罪を着せる気であったのだ。江戸で縄にかけられた時、ようやく気がついた。

今まで割田の為に動いていたことが馬鹿らしく思えてきた。

（これで、俺の人生は終わりか）

肩を落とした。

はじめて、国士塾で武内春高と会った日、割田のことで忠告された。関わるなと言われていた。その割田を信じてしまったのは、自身の不覚以外のなにものでもない。

九郎兵衛の身柄は、向島の水戸藩下屋敷へ移された。

門を入ると、後ろ手に縛られ、目隠しをされた。

それから、どこかを歩かされた。

やがて、ひんやりとして、かび臭いところに入れられた。

「ここに入っていろ」

鵜飼の声が反響するところから、土蔵かもしれない。目隠しをされた状態では、いくら九郎兵衛であっても落ち着いていられない。

声を荒らげることはなかったが、いかにしてこの状況から脱しようと考える。

だが、周りがどのようになっているのか。見張りはいるのか。すべてがわからない状況であるからには、作戦も立てられない。

時の経過もどれくらいなのか、途中からわからなくなった。

鵜飼がやってきて、

「松永殿はただ命令されていただけ。抜け荷には、正木美濃守、鯰屋権太夫、武内春高らが関わっていたことを認め、お白洲で正直に話すというのであれば、命は助けてやろう」

と、言った。

「俺は嘘をつくのは嫌いだ」

「命が惜しくないのか」

「………」

「もう誰も助けに来ない。よく考えるのだ」

追いつめるように言い、鵜飼は九郎兵衛の目隠しをはずして引き上げた。

そして、何度目かに、鵜飼が来たときだった。

「鯰屋権太夫を捕らえた」

突き刺さるような声が、耳朶(じだ)の奥深くに響いた。

「権太夫を捕らえただと。嘘だ」

「ほんとうだ。もうお主を救ってくれる者は誰もいない」

権太夫ほどの男が捕まるなど信じられなかった。だが、鵜飼の勝ち誇ったような顔に、九郎兵衛は激しい衝撃を受けた。

第四章　突入

一

九郎兵衛は水戸藩下屋敷の土蔵に閉じ込められていた。高いところに格子のはまった窓があり、明るいので今が昼間だとわかるが、九郎兵衛の周囲は薄暗い。

雷が鳴っている。

松小路は京に戻された。すでに、関白の鷹司政通によって背任、抜け荷などの罪で解任されており、処罰されるはずだ。これで、若狭唐水との養子縁組の話も潰れたことになる。

それより、松小路は余命幾ばくもないのだ。京まで持つか。九郎兵衛は胸が塞がれる思いだった。

いつの間にか眠っていた。

「松永九郎兵衛」

どこかで名前を呼ばれている。

うっすらと目を開けた。

声の主は大きな体の影で、顔まで見えない。

夢でも見ているのか。九郎兵衛は影をじっと見つめた。

稲光が走り、顔が一瞬だけ見えた。

右の頰に刀傷がある。尖った鼻先が、九郎兵衛に早く逃げろと言っていた。

まさか、と思った。

「お前は」

九郎兵衛は起き上がった。縄は解かれていた。

「久しぶりだな」

「本田歳月」

九郎兵衛ははっとした。

「俺のことを嗅ぎ回ってくれたようだな」

九郎兵衛は柄に手をかけようとした。だが、刀は取り上げられていた。

「ほれ、お前の刀だ」

歳月は刀を寄越した。愛刀の三日月だ。

九郎兵衛は急いで受け取った。

「どういうことだ？」

九郎兵衛は刀の柄に手をかけた。

だが、待てとばかりに、歳月は手をかざした。

「話は後だ。まず、お前を助けにきた」

「何のために」

九郎兵衛は戸惑う。

「互いの命のためだ」

歳月は居丈高に言う。尊大な態度は相変わらずであった。

「さあ、こっちだ」

歳月はそれ以上答えずに、誘った。

歳月は足を引きずっていた。

出口に向かうと、死体が転がっていた。

九郎兵衛は死体を跨いで外に出た。死体は無念そうに、目をぎょろっとさせている。

この者たちに罪はない。

雷雨に紛れて、屋敷の外に出た。

「すぐに気づかれるだろうから、とりあえず、隅田川を渡るぞ」

ふたりは走った。

九郎兵衛は歳月を横目で見た。

油断している。

この隙に刀を抜けば、歳月を殺せる。

一瞬、そう思ったが、刀に手をかけることはなかった。卑怯な真似はしたくないのと、この状況がまだつかめないからだ。

隅田川端まで出ると、上流へ向かった。

少しすると、竹屋の渡しが見える。

渡し舟はこの雨で出ていなかったが、舟が停泊している。

「さあ、乗れ」

歳月は粗雑に言った。

「用意していたのか」

「まさか。勝手に使う」

「変わっていないな」

九郎兵衛は嫌味っぽく言った。

だが、歳月は九郎兵衛の言う意味を理解しなかったらしい。

「あの頃よりは、大分腕は落ちた。お前には勝てるだろうがな」

歳月は鼻で嗤う。

歳月が舟を出した。隅田川は雨で煙っている。

「一体、何が目的だ」

どうして、助けてくれたのだときいた。

「武内春高先生のためだ」

「武内春高？　やはり、お主は春高の下で動いていたのだな」

「そうだ」

歳月は認め、

「お前も調べていたように、俺は武内先生の右腕だ。先生が葛尾藩の剣術指南役となったのも、俺のおかげだ」

と、不敵に笑った。

「お前の？」

「そうだ」

「抜け荷に正木美濃守、鯰屋権太夫、武内春高らが関わっていたことを認め、お白洲で正直に話すというのであれば、命は助けてやろうと、鵜飼に言われた」

「やはりな」

「鵜飼の魂胆がわかっていて、俺を助けたのか」

九郎兵衛はきいた。

「お前が捕まったことを知ったとき、何らかの形で利用されると思った」

「鵜飼はなぜ、美濃守さまや鯰屋権太夫、武内春高を罪に落とそうとするのだ？」

「鵜飼は水戸家の者だ。水戸家は水野越前守に批判的だ。正木家が、若狭唐水の養子の件でもめていることに乗じて越前守と親しい美濃守さまを藩主から引きずり下ろそうとしているのだ」

「なるほど」

「鵜飼は割田と手を組んでいるとしか考えられぬ」

歳月は顔をしかめた。

「割田の狙いは何だ？　葛尾藩の乗っ取りか」

九郎兵衛はきく。

「そうだ。割田の背後に、正木家の重臣たちがいるはずだ」

歳月は櫓を漕ぎながら、

「武内先生と、割田は対立していた。詳しいことは俺には興味がない。俺はただ武内先生に葛尾藩での権力を掌握してもらうために、殺しもやった」

と、平然と言う。

割田次郎を殺したのは違うと言ったが、光浦高之進を殺したのは自分だという。

さらに、九郎兵衛が知らない割田派の名前を何人も打ち明けた。

それも、嬉しそうに語る。

「お前はいかれている」

九郎兵衛は蔑（さげす）むように言う。

「勝手に言いやがれ」

歳月は鼻で嗤った。

「殺しを楽しんでいるだろう」

「力が全てだ」

歳月はふてぶてしく言う。

「ところで、その足はどうした？」

「不覚だった」

「不覚？　お前のような者がやられるとはな」

皮肉を込めて言い、

「誰にやられた」

と、きいた。

「…………」

歳月は答えようとしなかった。

「誰なんだ」

「放っておいてくれ」

「いいから答えろ。何があったのか、言うんだ」

九郎兵衛はいきなり刀を抜き、胸元に突き付けた。さすがの歳月も、舟を漕いでいて抵抗できない。

「せっかく助けてやったのに」

歳月は憤然と言う。

「俺はお前を散々捜していた。俺はこの件に首を突っ込む気はなかった。お前さえ捜し出せればよかった」

九郎兵衛は本人を目の前に、怒りがこみ上げてきた。

面を見るだけでも不快である。

「ここで俺を殺しても、お前には何の得もない」

歳月は足元を見るように言う。

九郎兵衛は刀を離した。

「南助だ」

歳月はいきなり言った。

「南助？　小山内銀四郎か」

「そうだ。奴はなかなかの剣の使い手だ」

「もしや、試合の時、南助を殺したっていうのは……」

「そうだ、俺だ。復讐だ」

歳月の声に憎しみが込もっている。

「復讐？」

九郎兵衛はきき返した。

「一度もやられたことのない俺が、唯一傷つけられたのだ。殺されなくとも、憎い気持ちになる。お前もわかるであろう」

歳月は、九郎兵衛を見下すように言った。

だが、ここで腹を立てても、この状況を打破できないと心の中で言い聞かせた。

「とにかく、今は力を合わせるしかない」

歳月は諭すように言う。

今の状況では、歳月に従うしかなかった。

権太夫も、美濃守もいない。味方といってよいかわからないが、敵ではないとはっきりわかるのは、悔しいがこの男だけだ。

対岸の山谷堀（さんやぼり）につき、舟をおりた。

雨の中、歳月は花川戸（はなかわど）の一軒家に入っていった。どうやら、歳月の隠れ家のようだ。

濡れた着物を脱ぎ、乾かした。

「で、これから如何（いか）にする」

九郎兵衛は計画をきいた。

歳月は遠慮せずに話し出した。

「まず、桂蔵人を助ける」

「助ける？　桂蔵人は捕まっているのか」

「そうだ。葛尾藩上屋敷の土蔵に閉じ込められているはずだ。だから、助け出さねばならない。こいつが要るんだ」

「何かをやらせるのか」

「そうだ」

「なにをやらせる？」

「まずは俺に最後まで話させろ」

歳月は嫌な顔をした。

「ちっ、話せ」

九郎兵衛は促す。

歳月は続けた。

「あとは、若狭唐水。こいつは俺たちの手札として、取っておかなければならねえ」

歳月は花札をするかのように、熱中して言った。

「割田は美濃守に代わって唐水を藩主に仕立てるつもりだろう。そうはさせない。唐水を藩主にするのは武内先生の手で行わせる」

松小路はすでに失脚し、唐水の養子の話は消滅したが、唐水が美濃守の養子になる手続きはすでに終わっているのだ。

「いずれにしても、割田三樹三郎を殺さねばならない」

際どい話をしているのに、歳月はどことなく楽し気である。やはり、この男は狂っている。

呆れて顔を見ていたが、

「もう終わった。お前の話はなんだったか」

と、歳月がきいた。

「桂蔵人に何をさせるかだ」

思い出して、九郎兵衛が言う。

「雪斎と小僧を殺ってもらう」

「あのふたりは？」

九郎兵衛は訝ってきいた。

「割田が使っている忍びだ」

「忍び……」

多少の驚きはあったが、ふたりとも目の鋭さと機敏な動きから意外ではない。

「それなら、俺が」

九郎兵衛は言った。

「お前は唐水を救い出せ。お前じゃねえと、唐水は信用しねえだろう」

それは理にかなっている。

「その後に、他の武内派の家臣も救い出せ。おそらく、同じところに閉じ込められているはずだ」

その場所は、大珠寺の土蔵だと歳月は決め込んだ。

何度も調べているから間違いないと、自信たっぷりである。

「もし違っていたら？」

九郎兵衛は慎重であった。

「その時には、他を探せばいい」

「他というと？」

「さあな。雪斎か小僧を問い詰めるかしねえとな」

「それは、桂蔵人が勝てたらの話だ」

「もっとも」

「もし、負けた場合には」

「いけ」

歳月は人差し指をぴんと伸ばして、九郎兵衛に向けた。

「俺にやらせるのか。お前は何もしないのか」

歳月は自分が大将で、九郎兵衛のことを部下だと思い込んでいるかのように、采配する。

　その不満が、言葉に現れた。

　案の定、

「俺が死んだら、指揮を執る者がいなくなる」

と、大将気取りだ。

「それに、この足。忍術には対応できぬ」

　歳月は、ぽつりと言った。

「それで、そのあとは」

　九郎兵衛はさらにきいた。

「唐水を安全なところへ移す。そうだな、九段の国士塾がいい」

「すぐに、感づかれるだろう」

「構わぬ。春高先生は、踏み込まれてもいいように、部屋に仕掛けをしてある。火でもかけられない限り、安全だ」

「火をかけられたら？」

「終わりだ」

だが、そうはならないと、歳月は根拠のない自信を見せる。

「ともかく、ここでうじうじしていられねえ」

歳月は九郎兵衛の背中を押した。

九郎兵衛はかっとなって、歳月を睨む。

歳月はいたずらっ子のように、笑っていた。

二

笠を被り蓑(みの)を着て、隠れ家を出た。

夜が更けても、雨は止む気配はなかった。

歳月は空を見上げながら、「止みやがれ」と言った。

雨でこちらの姿が消される。

九郎兵衛は好都合だといったが、

「動きが鈍くなる」

と、歳月は頭ごなしに否定した。

「だが、雨を味方にするのが、この本田歳月だ」

歳月は傲慢に言い放つ。

葛尾藩上屋敷に到着したのは、四つ（午後十時）が過ぎた頃。歳月は始終、足を引きずっているが弱音を吐くことはなかった。むしろ、俺にこのくらい不利を負わせねえと、簡単に片付いちまう。だから、天がいたずらをしたのだ、と呑気に構えていた。

木の陰から、そっと屋敷に目を凝らす。

門番はいつもより多い。四人になっている。また敷地の外を巡回する見張りまでいる。この様子だと、門を突破したとしても、中で待機している者たちがいるだろう。

「囮（おとり）になるしかねえな」

歳月は言った。

自分にその役を与えられる。

「断る」

九郎兵衛は言い放った。

「馬鹿いうな。お前をここで失うわけにはいかねえ」

「まさか」

「俺でもねえ。ここで待っていろ。脇門が開いたら、俺のことは無視して入り込め」

歳月は足を引きずり、門とは違う方へ歩き出した。

笠と蓑に雨が打ち付ける。さっきより、強くなっている。

歳月は闇に消えていったが、びしゃびしゃと足音は聞こえ続けている。

（雑な男だ）

音を消せと、心の中で祈った。

一抹の不安を覚えながら、九郎兵衛は門に目を凝らしていた。

やがて、歳月が消えていった方から、「うっ」という呻き声が聞こえた。それから束の間、肩を負傷した見張りが門に戻ってきた。

「どうした」

「何者かに、やられた」

「手当を」

「俺は平気だ。それより、早く」
男は声を荒らげ、自分がやられた方を指で示した。
門番ふたりは慌てて、歳月の方へ向かった。
残りはふたり。互いに肩を貸し、脇門に入った。
（このことか）
九郎兵衛は、歳月の言葉を理解した。
足音を立てずに、走り出す。
まだ脇門は開いている。
九郎兵衛は愛刀、三日月を抜いた。峰で、門番ふたりの首筋を打つ。
ふたりは倒れた。
同時に、負傷している見張りの男も地面に体を打ち付けた。
九郎兵衛は無視して、脇門を突破した。
雨の勢いは強まる。
門番所から三人が出てきた。
九郎兵衛はすべて太腿を狙った。この者らは、割田の指示で動いているだけだ。

裏で何が起きているかは知らない。
怪我は負わせても、命を落とさせるわけにはいかない。
太腿を負傷したら、追ってこられない。
九郎兵衛は裏庭を通り、御殿に上がり込んだ。
どこからか、声が聞こえてくる。女の声だ。
九郎兵衛はその声の方に進んだ。
女中部屋であった。
九郎兵衛は襖に手をかけた。
音もなく、開けた。
ひゃっと、女たちの声が漏れた。三人いた。行灯の火は、うっすらと点いている。
ひとりが、
「松永九郎兵衛さま」
と、呟いた。
「お前さんたちを手にかけることはない。このような恰好で許してくれ」
九郎兵衛は軽く頭を下げた。

笠から雨のしずくが何滴もまとめて落ちる。

「桂蔵人はどこに閉じ込められている」

九郎兵衛の問いに、女中たちはしばらく黙っている。

中腰になって、女中たちと目を合わせた。

「東の御蔵です」

ひとりが弱々しい声で答えた。

東とは、門とは反対の方向。

「鍵は？」

「わかりません」

女中の声は震えていた。

「そうか」

九郎兵衛はもう一度頭を軽く下げて、「お紺のことをよろしく頼む」と言い残して去った。

再び庭に出た。

乱雑な足音が聞こえる。

目を向けると、歳月だった。足を引きずりながらやって来る。

不用心にも、

「わかったか」

と、それほど小さくない声をあげた。

九郎兵衛は近づくまで答えない。

距離が詰まると、「口を慎め」と注意してから、東の蔵だと告げた。

「鍵を探さねばならない」

九郎兵衛が困ったように言う。

こういう時、かつて仲間だった鋳掛屋の神田小僧がいれば、とつくづく思う。どんな鍵でも、容易く開けることができる。

「任せろ」

歳月は気にする様子もなく、東の蔵へ進む。

蔵の前に立ち、いきなり蔵の戸を叩いた。

中から叩き返してきた。

「桂」

歳月は呼びかける。

「本田殿」

と、聞こえた。

歳月は鍵穴に針金を差し込んだ。少ししてから、錠が開いた。

戸が勢いよく開いた。

桂蔵人がいた。

頬がこけて、彫りの深い顔がさらに際立つ。いつもながら、九郎兵衛を睨みつける。

「話せば長い。だが、松永といまは手を組んでいる」

歳月は言った。

桂は驚いたような表情で、九郎兵衛を見る。

「きっと来てくれると思っていた」

桂は冷たい目で言う。

「ともかく」

救い出すことができた。

安心したのも束の間、庭に何人も葛尾藩の家来が集まっている。何人かは長槍を構えている。蔵を囲むように、半円状に並ぶ。

「殺すな。こいつらに罪はない」

九郎兵衛は先に言った。

「殺す」

歳月は聞く耳を持たない。

さもないと、先に進めないと、桂までもが言う。

槍を構えた相手は、一歩一歩、間合いを詰めてくる。

「俺が」

九郎兵衛は正面の相手に向かって突進した。

相手にも意外だったのか、向けていた槍が縦になった。九郎兵衛はその者の槍を奪い取ると、振り回した。

逃げろ、というまでもない。歳月と桂は敵の目をかいくぐった。

九郎兵衛はふたりの姿が見えなくなると、ひとりに標的を決めた。槍を小脇に抱えて、その者に向かった。

胸のあたりを刺そうと思えば、一撃だった。

だが、柄で脛を払った。

相手は倒れる。

その者の横を通り抜けた。

門の近くまで来ると、ふたりの姿はない。だが、敷地内にも気配がない。すでに逃げていると悟った。

九郎兵衛は脇門から飛び出し、ふたりのあとを追った。


神田明神下。

林田藩上屋敷の近く、九郎兵衛が歳月と桂蔵人を探していると林田藩の門番が声をかけてきた。

「もし、松永殿では？」

灯りが門番を照らす。

以前、多本新三郎を訪ねたときに、少しばかり話した相手であった。

九郎兵衛の様子に只事ではないと感じたようだ。

「一体」

向こうが話しかけてこようとした。

「すまぬ」

九郎兵衛が軽く頭を下げて、立ち去ろうとすると、

「松永殿が捜してらっしゃった方を見かけました」

と、告げた。

「なに」

九郎兵衛は足を止める。

「名前は忘れてしまいましたが、多本殿に仰っていた姑息な剣客です」

門番は九郎兵衛がその男を未だに追っていると思っているようだ。いや、それでいい。

「どこへ向かった」

「神田明神の方へ」

「助かる」

九郎兵衛は門番に礼を言い、足早に神田明神へ向かった。

雨はさらに激しくなっていた。これでは、歳月のように足音を気にせずに走っても、その音はかき消されるだろう。

やがて、明神下までやって来た。

「松永」

声がした。

鳥居の奥からだった。

九郎兵衛は声の方に近づいた。

鳥居をくぐったが、どこにもいない。目を凝らして、見渡した。

背後にひとの気配。

九郎兵衛は三日月に手をかけ、

「何者」

と誰何（すいか）すると、いきなり豪快な笑い声が聞こえた。

見ると、本田歳月が口を開けて笑っている。

「馬鹿野郎、俺だ」

歳月はからかった。

隣の桂蔵人は呆れていた。

「いい加減にしないか」

この期に及んでふざけている場合ではない。そう言いたかったが、歳月はガキ大将のようにケラケラと笑い続けている。

「狂ってる」

九郎兵衛は吐き捨てた。

「お前のおかげで助かった」

歳月はまだ笑いが残った声だった。

「これから、大珠寺へ」

桂が言った。

「待て」

九郎兵衛が止める。

「この様子だと、大珠寺にも知らせは行っているはずだ。このまま行っても待ち構えられているだけだ。大珠寺に忍び込めば袋の鼠だ」

「だったら、どうしろと」

桂がいらだったようにきく。

「では、蓼科だ」

歳月が言う。

「蓼科？」

「いま江戸にいる。蓼科を盾に唐水を返してもらう」

歳月は言った。

「それは通じないだろう」

桂は反対した。

「お前の考えは？」

歳月が、九郎兵衛にきいた。

割田に通用するかわからないと、九郎兵衛も思った。

考えていると、

「蓼科は後でいい。それにあいつはただの公家だ」

桂が言った。

「蓼科を人質に取れば、割田は困るに違いない。蓼科がいなければ、抜け荷ができないからな」

歳月は力ずくでいう。

やはり、抜け荷は割田と蓼科が仕組んだことだ。それを、美濃守と松小路の仕業にしようとしていたのだ。

腑に落ちた。

「鯰屋権太夫だ」

九郎兵衛はそう言った。

権太夫を助け出せば、道は開ける。

「無理だ」

歳月は端から否定する。

「どうしてだ」

「奴は小伝馬町にいる」

「なに、ということは」

牢屋敷に捕らわれている。

まさか、鵜飼に捕まっただけではなかったのか。

この中で、牢屋敷を知っている者は九郎兵衛だけ。

桂は行き詰まった顔をしているが、歳月は違う。

むしろ、楽しそうに笑顔が止まらなかった。

「火をつけよう」

「火？」

「小伝馬町の牢屋敷を燃やしちまえば、その隙に逃げられる」

歳月の声は弾んでいた。

「下手したら死んでしまう」

「そこは賭けだ」

「権太夫だけでなく、他にも焼け死ぬ者が出るかもしれぬぞ」

「多少の犠牲は仕方あるめえ」

歳月はすでに、火をつける気でいるのか、「この雨がな」と、天を見上げて首を傾げた。

「やはり、降らないにこしたことはない」

まだ、さっきのことを引きずっているようだった。

桂が呆れながら、

「そもそも、火薬を使わぬと雨で無理だ。それに、松永殿の言うことに理がある」

と、言った。

初めて、桂と意見が合った。

桂は複雑な表情で、九郎兵衛を見た。

「忍びだ」

九郎兵衛は閃（ひらめ）いた。

「忍び？」

桂がきき返す。歳月はすでに心を決めているようで、九郎兵衛の言葉が耳に入っていないようだった。

「武内先生の元に忍びがもうひとりおる」

歳月が口にした。

「幾太郎か」

「よくわかったな」

「奴はすでに殺した」

九郎兵衛は言う。

「なに？」

そんなはずあるまい、と歳月は言い返した。九郎兵衛は岡部宿の手前で襲撃された話をしたが、

「それは、幾太郎ではない」

と、一蹴された。

「では、誰だったのだ」

九郎兵衛は焦ってきいた。

「おそらく、割田が放った者だろう」

言い合いをしていると、

「そんなこと、今はどうでもよい」

桂が怒ったように割って入る。

「そうだな。権太夫を助け出せるなら、忍びを使おう」

歳月が言った。

「権太夫の伝手で、形勢が逆転できる。あとは奴に任せればいい」

いくら捕らえられたといっても、いままで幕府を裏で操ってきたほどの力量がある。

「だが、江戸を火の海にした方が面白い」

歳月はこの期に及んでも、冗談めかして言う。

「本田殿」

桂がきつい口調を浴びせる。

「なんだ」

急に、歳月の目が吊り上がった。

「お前さんは武内春高先生を助けたいのであろう」

「当然だ」

「お前が派手なことをしでかしたら、先生はそのせいで殺されるかもしれない。ここは、松永殿の言う通りにするぞ」

桂の口調は強かった。

「よし、ならさっさと忍びに助け出してもらおう。しかし」

と、歳月は続けた。

「やはり、唐水を助け出すことが先決だ」

九郎兵衛は冷静に、

「そうだな、それしかない。唐水を助け出す。大珠寺へ向かう」

と言った。

「よし」

三人は決めた。

もう文句を言う者はいない。

「失敗した時は……」

桂が口にする。

「縁起が悪い」

歳月が舌打ちする。

「いや、どこで落ち合うか決めるぞ」

九郎兵衛が言う。

「なら国士塾だ」

歳月は当然のごとく返す。

「神田から九段まで誰にも見つからずに行けるかわからぬ。この雨でもだ」

「もっと近くとなると」

「淡路町に、一心寺という無人寺がある。そこはどうだ」

それも、決まった。

生きて会おうと、別れた。

三

丑三つ時（午前二時）。

まだ雨が降っている。

大珠寺の山門から少し離れたところに、歳月と桂の姿がある。雨の中に浮かぶふたりの姿は、まるで落ち武者のようだった。

足元には死体が三つ転がっていた。

「邪魔者は始末した」

歳月が鼻を擦（こす）りながら言った。

「葛尾藩の者ではないのか」

九郎兵衛は、桂に尋ねる。

「割田派だ」

桂も、この殺しには義があると言わんばかりだ。

歳月の残虐さには慣れた。許せないが、いまは注意する気力はない。

「文句は、これが終わってからだ」

歳月が先手を打った。

「お前はこの寺には詳しいだろう」

歳月が九郎兵衛を見る。

九郎兵衛は知っている限りの、寺の仕掛けを告げた。仕掛けなど関係ない、とばかりに歳月は山門をくぐった。

桂が続く。

石段を上がると、本堂が見える。三人はここで別れた。

九郎兵衛は真っ先に唐水が使っていた住居へ向かう。ふたりは庫裏へ行く。

本堂の脇を通り、少し先の木の門をくぐった。

唐水の住居が見える。

庭の丸石が、相も変わらず、トントンと甲高い音を立てる。雨にもかき消されぬことが、予想と違った。

九郎兵衛は住居に近づく。

ひっそりとしている。だが、中で物音がした。

（唐水か）

九郎兵衛は警戒しながら、戸に手をかけた。その瞬間、戸が九郎兵衛に向かって倒れてきた。

九郎兵衛は飛び退いた。

何かが光った。束の間、刃が目の前をかすめる。

それと同時に、刀を抜いて、横一文字。

だが、九郎兵衛の攻撃は弾かれた。

「ええい」

暗闇の中から、刀が振り下ろされた。

九郎兵衛が刃を受け止める。ぐっと力を込めて、相手を押し返した。

だだだっという音と共に、相手は倒れ込んだ。九郎兵衛も勢い余って、前のめりに上がり框に手を突いた。

瞬時に、九郎兵衛は刀を回して振り返った。

ばさっと衣が裂ける音が響いたかと思うと、剣先に重みを感じた。一瞬で、軽くなった。

「ううっ」

呻く声が聞こえる。

九郎兵衛は体勢を整える。

目が暗闇に慣れてきた。

相手はまだ倒れていない。前のめりになりながらも、隙のない構えだった。

「何奴」

九郎兵衛はきいた。

相手は強い。神道無念流だ。

「割田三樹三郎」

九郎兵衛は思わず口にした。

だが、暗闇に浮かぶ姿は割田三樹三郎よりも大きい。

相手は何も答えない。

代わりに、下段の構えから掬いあげるように、切っ先が飛んできた。

九郎兵衛は半身を翻し、足蹴りした。

崩れて、前のめりになったところを九郎兵衛は首筋めがけて斬りつけた。だが、相手は避けて肩口に当たった。

とどめを刺そうと九郎兵衛は馬乗りになる。相手の腕を足で押さえつける。

大の字になったところを目掛けて、三日月を突き刺した。

剣先が肉をえぐるようにめり込むと、相手の体はまな板の上の魚のように跳ねた。

だが、すぐに動かなくなる。

九郎兵衛は相手の腰から根付を剝ぎ取り、懐に入れた。

奥に進む。

廊下は、ぎしぎしと音を立てる。

古いわけではない。以前は、こんな音はしなかった。誰かが仕掛けをしたか。潜んでいるのか。

九郎兵衛は三日月の血を振り払ったが、鞘に仕舞わずに抜き身のまま奥へ進む。

部屋をひとつずつ確かめて回った。唐水はどこにもいない。床の間の掛け軸を全てはがし、壁を押して、からくりがないか見てまわる。

畳も何枚か上げた。

だが、どこにも仕掛けは見当たらない。

ここにはいないのかもしれない。九郎兵衛は諦めて、外に出た。

その時、雷が庭先の大木に落ちた。

すぐに、割れるような音が響いた。

同時であった。九郎兵衛は頭上に気配を感じた。

ぱっと、避ける。

肩口に硬いものが当たった。確かめている暇はない。鈍痛が襲う。

再び、九郎兵衛目掛けて、何かが飛んできた。手裏剣のようなものであった。一方向だけでなく、少なくとも二方向からだ。

敵はふたりいる。

雪斎と小僧だ。

(ふたりだとしたら……)

嫌な予感がした。

歳月と桂はどうなった。すでにやられたというのか。

九郎兵衛は塀に向かって走った。

その間にも、手裏剣は投げ込まれる。

全て刀で弾いた。

塀を背にして、目を凝らした。雨で視界が悪いが、角度はわかる。ひとりは屋根か木の上にいるはずだ。もうひとりは、木の陰か建物の柱に隠れている。

九郎兵衛はじりじりと門に向かって、横歩きする。

手裏剣は飛んでこない。

ということは、相手にも九郎兵衛の姿は見えていない。

足音を頼りに、投げ込んでいるのだ。

(だが、このままゆっくりと進んでいては、唐水がどうなるかわからない)

九郎兵衛は一度立ち止まった。

地面に落ちている手裏剣をいくつか手に取った。

ひとつを投げてみる。石に当たって、甲高い音を立てた。そこを目掛けて、再び手裏剣が投げ込まれた。

今度は一方向からであった。屋根の上からである。

九郎兵衛は思い切って、屋根に向かって手裏剣を二、三振り投げた。

鈍い音がした。

今だとばかりに、九郎兵衛は走り出した。

前方から手裏剣が飛んでくる。一方向だけなら、弾き返すだけだ。肩口の痛みはもう忘れていた。

やがて、目の前に雪斎の姿が見えた。

黒い袈裟（けさ）を着て、闇夜に紛れているが、明らかにこの目で捉えた。

九郎兵衛は脇に刀を構え、先手必勝とばかりに、捨て身で飛び込む。

雪斎は刀を持っていない。匕首（あいくち）もない。

なのに、避ける気配がない。

（裏がある）

九郎兵衛は咄嗟（とっさ）に、上段の構えにした。

刀を振り下ろす。

その瞬間、雪斎が九郎兵衛の手元に摑みかかる。不意に腕を取られた。雪斎は力を加えるわけでもなく引っ張り回し、九郎兵衛は勢い余ってよろめいた。

途端に、顎に衝撃が加わった。

口の中に、血の味が広がる。

蹴られたのだ。気づいた瞬間、もう一発、今度は鳩尾に蹴りが飛んできた。

だが、九郎兵衛は柄頭で雪斎の足を打った。

雪斎は片膝をつく。

九郎兵衛は首を目掛けて刀を振った。

両手を合わせるように、雪斎が刀を受け止めた。血が滲んでいる。だが、雪斎は痛みを感じていないような冷酷な顔を見せ続ける。

互いの力で手ががたがたと震えていた。

九郎兵衛は三日月を手放したかと思うと、脇差を素早く抜き、雪斎の懐に飛び込んだ。ぐさり、と鈍い音がする。

雪斎の体が、九郎兵衛に倒れかかってきた。

九郎兵衛は脇差を雪斎の死体から抜き、鞘に収めた。傍に落ちた愛刀三日月も拾う。

戦いで、三日月から手を離したのは初めてだ。この刀に申し訳ない気がして、自然と首が垂れた。

九郎兵衛はそれから、大珠寺を洗いざらい探した。

本堂にも、庫裏にも唐水の姿はなかった。

だが、庭先で、桂蔵人の死体を発見した。仙台平(せんだいひら)の袴に血がべっとりとついていた。首の後ろに手裏剣が刺さっている。その後に、刀で斬られたらしい。

歳月は……。

見つからない。死体はなかった。

探索をしている間に、大珠寺は騒がしくなってきた。次から次へと、葛尾藩の者と見られる武士たちがやって来た。

はじめは十人ほど。しまいには、倍以上になった。

九郎兵衛は戦うことは避けた。

塀をよじ登り、外に出た。

もう東の空が白み始めている。

四

淡路町、一心寺。

九郎兵衛はようやく辿りついた。

本堂の軒下には、乞食（こじき）が寝ている。まだそれほど歳ではなさそうだ。九郎兵衛が立ち止まると、乞食は肉のついていない細い手を伸ばしてきた。

まるで番人のようで、金を払わないと通してやらないと言いたいようであった。

「おやじ」

九郎兵衛は声をかけた。

「へい」

乞食は顔を上げた。図々しく、手を高く上げた。

「邪魔だ」

「そう言われましても」

「金か」

「へえ」

乞食は頷いてから、

「旦那は、少し前にもここにお見えになりましたね」

と、にたっと笑った。

「人違いだ」

九郎兵衛は吐き捨てた。

「いいえ、旦那に違いありません。今はこんなに落ちぶれていますが、元は商人。人の顔を覚えるのは得意なんです」

乞食はゆっくりと自信に満ちた目を見せる。

「でも、安心してください。あっしは旦那の事情は聞きませんし、決して裏切ることもありません」

そう言いながら、再び手を出してきた。

恵んでくれれば、味方になるというのだろう。

九郎兵衛は懐から小粒銀を取って渡した。

「中へ」

乞食が道を開けた。

本堂に入ると、乞食もついてきた。

「ちょっと、お待ちを」

どこからか手拭を持ってきて、貸してくれた。薄汚れていたが、九郎兵衛は雨のしずくをふき取った。

乞食は世間話をしだした。

自分にもかつては儲かっていたときがあったという。乞食が一代記を語っている間、九郎兵衛は腕組みをして、これからの作戦を練っていた。

乞食はこちらの態度を見てなのか、中途半端なところで話を止め、本堂の外に出ていった。

九郎兵衛は奥に進んだ。

人の身長の三倍はある仏像があった。

信心深くないが、手を合わせた。この戦いで命を落とした者たちへのせめてもの弔(とむら)いのつもりもあった。

供養も束の間、九郎兵衛は小山内の言葉を思い出した。

唐水がすり替えられているかもしれない。

外で足音がした。

「おい、松永」

野太い声がする。

歳月だ。

その後すぐに、「やい乞食」とも聞こえた。

九郎兵衛は本堂を出た。

足を引きずりながら、肩を押さえている歳月がいた。

目と目が合うと、

「もういると思っていた」

歳月は嬉しそうに言った。

その後、

「こいつはなんだ」

と、乞食を見下ろす。

「ここにずっと居るのだ。仕方なかろう」

「殺っちまおう」

歳月が刀に手をかけた。

「やめろ。悪人ではない」

九郎兵衛が止める。

「またそれか」

歳月は一度刀から手を離したが、乞食の前にしゃがみこんで、髷を掴んだ。

「おい、お前は善人か悪人か。閻魔さまに舌を抜かれるような下郎だろう」

突然、歳月が怒ったように、乞食を押し倒す。

九郎兵衛は咄嗟に止めに入った。

乞食に目を向けると、「これは手荒なことを」と、にやけながら言う。

「構うな」

九郎兵衛は言い、本堂に歳月と入った。

奥へ行き、仏像の前に腰を据える。

「この仏、いやらしい顔をしてやがる」

「罰当たりな」

「百も承知だ」

歳月は面白そうに、唇を歪ませた。

「唐水はいなかった」

九郎兵衛はため息交じりに言う。

「割田に連れていかれたか。それとも逃げたか」

歳月は呟く。

「わからぬ」

九郎兵衛は焦っていた。おそらく、連れていかれたのだろう。

「武内先生も抜け荷の疑いをかけられた。もはや、自由に動けない」

歳月は絶望したように言う。

ふと、九郎兵衛は閃いた。

「唐水の身代わりを立てるのはどうだ」

九郎兵衛は告げた。

「どういうことだ」

歳月がきき返す。

「偽の唐水を仕立てる。お前なら、唐水に化けられる男を探し出せるだろう」

九郎兵衛が言う。

「唐水にか」

「そうだ。割田が連れていった唐水は替え玉で、こっちが本物だと言って上屋敷に乗り込むのだ」

「無理だ。すでに、美濃守が家臣たちに唐水を紹介しているのではないか」

「いいのだ。偽の唐水に、割田が謀反を起こしたと他の重臣方に訴えさせるのだ。そして、その間に、割田を御家乗っ取りの悪人として斬り捨てる。これなら、大義名分も立つ」

「割田をそんなにあっさり斬ることは無理だ」

「しかし、それ以外にどんな手立てがあるというのだ」

九郎兵衛は言ったが、冷静になるに従い、

「やはり、偽の唐水は無理だ」

と、自分の考えを否定した。

「そうだ。この期に及んでじたばたしてもだめだ。もはや、割田三樹三郎の勝ちだ。唐水を自由にできる」

「しかし、唐水が割田の言いなりになるかどうかわからない。俺が上屋敷に忍び込んで唐水に会い、割田の悪事を……」

「無理だ」

「無理？」

「唐水は大珠寺で暮らしていた。割田を信用するよう、雪斎から吹き込まれていたとみるべきだろう」

「………」

九郎兵衛はため息をつくしかなかった。

「もはや、何も打つ手はないというわけか」

「そうだ」

歳月は応じ、

「こうなったら、俺の目的はただひとつ、割田三樹三郎を叩き斬る。それだけだ」

歳月は不敵な笑みを浮かべる。

「待て。権太夫だ」

九郎兵衛は権太夫のことを思いだした。

「ともかく、権太夫が無事に小伝馬町を抜け出せるかどうかが肝要だ」

九郎兵衛は歳月の顔を見て、

「誰か牢屋敷に忍び込める者を知らないか」

「あの者なら使えるかも。武内先生の弟子に身の軽い男がいる」

「その男と連絡を」

「わかった」

歳月が応じたとき、本堂の扉が開いた。

乞食がすばしっこくやってきて、

「追手が来ましたよ。匿いましょうか？」

と、手を差し出してきた。

「金か」

九郎兵衛は懐から一分、取り出した。

「旦那」

かすれた声だった。

「そんなにみみっちいことをせんと、もっとくださいませ」

乞食はすがる。

「ない」

九郎兵衛は、短く否定した。

「懐のふくらみからして、もっとあるでしょう」

「…………」

遠くの方で声が聞こえる。だが、確実に近づいてきている。

「いいんですかい」

九郎兵衛はもう一分、取り出そうとして、

「いくら欲しいんだ」

と、きいた。

あらかじめ聞いておかなければ、同じことが繰り返されるだけだ。

「持っている半分くださいませ。そうすれば、旦那の味方になりやしょう」

「そうか」

九郎兵衛は財布から、ちょうど半分の額を渡した。

乞食は有難そうに受け取ってから、

「あっしが冬に寒さを凌いでいるところへ案内しましょう。ちょっとわかりにくいところですので安心です」

乞食は仏像の方へ向かった。

九郎兵衛と歳月もついていく。

「隠し部屋でもあるのか」

歳月が見渡しながらきいた。

「いえ、ここです」

乞食は仏像を指した。

裏に回る。

いきなり仏像を叩いた。

戸板が外れるように、仏像の一部が開いた。

中は空洞である。

「ここなら気づかれないでしょう。暑いですが、捕まるよりはましでしょう」

乞食はわかったような口をきく。

考慮している暇はない。

九郎兵衛は苦い顔をしながら、仏像の中に入った。

中には骨だけの鼠の死骸が数匹分転がっていた。

「数日前の御馳走です。めったに鼠なんか来やしません。いつもは雑草を食べているんで、こんな体になっちまいましてね」

気分が悪い。まず、仏に罰当たりだということと、何より暑くて、息苦しい。

「では、追手がいなくなったら呼びにきます」

乞食は言った。

ふたりは仏像の中で待った。

ひたすら待ち続けた。

歳月はここに至っても、まだ尊大な態度で、暑苦しいなどと文句を言っている。

「静かにしないか」

九郎兵衛は黙らせた。

やがて、本堂の外で声がした。

「中を探すぞ」

足音が、本堂に入ってくる。

九郎兵衛は息を潜めていた。背中には滝のように汗が流れていた。歳月も苦しそうな顔をしながら、声を押し殺している。

しばらくして、追手はいなくなった。

乞食がそれを報せに来た。

ふたりはようやく出られた。

歳月は汗で、髷が崩れかけていた。

「かたじけない」

九郎兵衛は乞食に言うと、

「さっき、あの追手に匿っているのではないかと散々疑われて、痛い目に遭わされました」

乞食は卑しげに言う。

「何が言いたい」

歳月が口を出した。声に棘がある。目が吊り上がって、乞食を睨みつける。だが、乞食はへらへらしたまま、さらに金をせびった。

「おい、おやじ」

九郎兵衛は約束と違うと文句を言おうとした。

刹那、歳月が刀を抜いた。と同時に、乞食の首が飛んだ。

刀を振って血を落とし、再び深紅の鞘に刀を納めた。

「なにをする」

九郎兵衛は歳月の襟に摑みかかった。

「生かしておけねえ。俺らのことを密告するかもしれねえ」

「金さえ払えば、そんなことはしない」

「そんなに金があるわけじゃねえだろう」

「どうにかなる」

「馬鹿野郎」

歳月は嘲るように鼻を鳴らした。

九郎兵衛は突き放した。

そして、乞食の亡骸(なきがら)に手を合わせた。

「すまなかった」

九郎兵衛は詫びた。

「ちっ」

歳月は舌打ちした。

「きさま」

またも怒りが込み上げてきた。

「よせ」

歳月はよろけながらも、刀を杖代わりに体を支えた。

「思うようには動けねえが、まだ腕は衰えていねえ。そのところ、忘れるな」

まるで、八年前と同じ目に遭わせるぞと脅しをかけているようだった。

目は冷たい光を放っている。

「ひとの命をなんだと思っている」

「力だ」

「なに?」

「力がすべて。弱い者は死ねばいい」

「お前は強いというのか」

「ああ」

「こんな体になりながら」

九郎兵衛は見下すように言った。

「俺をどう思おうが構わねえ。だが、手を取り合わねえと、お前だって困るだろう。俺を殺せねえはずだ」

歳月は不敵に笑った。

確かに、その通りだった。だからこそ、憎き歳月でも我慢している。そうでなければ、とうに殺していた。

「ところで、誰が裏で糸を引いていると思う」

歳月がきいた。

「割田だろう」

「もし、割田だけなら松小路など巻き込まないでもいいことを」

「養子縁組のためにうまく利用したのだ」

「うまく利用か。お前はとことん、お人好しだ」

再び、歳月は九郎兵衛を馬鹿にする。

だが、いちいち突っ掛かっていてはきりがない。

「何が言いたい」

九郎兵衛は気持ちを押し殺して、きいた。

「違う。俺が三宅島に行っていた理由だ。唐水を殺すためではない。春高先生に頼まれて様子を見に行ったのだ」

蓼科と割田の関係は深く、何度も密会している仲だという。

歳月の考えでは、

「蓼科は松小路家を、そして割田は正木家を乗っ取る画策をしていた」

という。

乗っ取る理由としては、ただ権力が欲しくなった。

松小路も正木も、有能な人物であるには違いないが、これから先のことを考えられない種類の者たちだと、歳月は一蹴した。

「いや」

九郎兵衛は首を傾げた。

割田は葛尾の生糸をこっそり大坂へ移し、そこから長崎を経て、異国に輸出している。九郎兵衛と歳月が話し合っていると、再び外で足音がした。

ふたりとも、咄嗟に刀を構えた。

「私です」

鯰屋権太夫が現れた。牢屋敷に閉じ込められていたような雰囲気はない。

「どうしてここに？」

九郎兵衛は目を瞠ったが、

「それより、小伝馬町に捕らわれたと聞いた。いったいどうやって？」

と、きいた。

「私の手の者がすぐ動きました。牢屋敷にも私の息のかかった者がいます」

何でもないことのように言う。

「そうか」

九郎兵衛は安堵したと同時に、改めて権太夫に得体の知れぬ恐ろしさを覚えた。

「ここにきたのは、私の手の者から知らせがあったので」

「俺の動きを見張っていたのか」

九郎兵衛は憤然とした。

「いや、水戸さまの下屋敷の土蔵に閉じ込められた松永さまを助けようとしたら、先に本田歳月どのが動かれた。それで、おふたりのあとを尾け、私に知らせたというわけです」

「尾けられていたとはまったく気づかなかった」

歳月は口元を歪めた。

「それより、今回の一連の動きはなんだったのだ?」

九郎兵衛は権太夫の見解を問うた。

「今回の件は、割田さまが春高先生が謀反を起こそうとしたので成敗したとして片付けるつもりだったのでしょう。それと同時に蓼科さまが松小路さまを始末する。そして、唐水先生を葛尾藩主として担ぎ上げ、傀儡のお殿様にする。そうすることにより、割田さまが葛尾藩を乗っ取ることができる。そして、蓼科さまは松小路家を吸収して、公家のなかで一気に上位に躍り出るつもりだったのでしょう」

権太夫は全てを知っていたとばかりに、つっかかることもなく、淡々と語った。

全ての話に説得力がある。

「抜け荷のことは」

「割田さまと蓼科さまがふたりで仕組んだこと。これは私も関わっておりませんので、もっと調べてみなければわかりませんが」

権太夫はこれからそうすると言わんばかりの厳しい目つきをする。

「だが、これだけわかれば、割田もおしまいだな」

「しかし、証が足りません」

割田のことなので、取引に使った証はすべて燃やしているはずだという。

権太夫はまるで、抜け荷のことを隅から隅まで知っているかのように、詳しく語った。もし自分だったらそうすると言うが、この口ぶりは、この男もやっている。

九郎兵衛はそう睨んだ。

(俺には関係ない)

いくら悪いことをして稼ごうが、鯰屋権太夫は元からそういう男なのだ。そんな男の下で任務にあたっていることは悔しいが、生きていく為には仕方がない。

しかし……。

九郎兵衛は、歳月を見た。

気づくと、目に力が入り、睨みつけていた。

歳月は相変わらず、へらへらしていた。割田を殺す時には、自分にやらせてくれと権太夫に冗談めかして頼んでいる。

「ところで、唐水は？」

九郎兵衛はきいた。

「先生なら私がすでに逃がしてあります」

権太夫は言った。

「えっ、割田に連れ去られたのではないのか」

歳月が驚いて声が大きくなった。

「違います」

「どこに？」

九郎兵衛は急いてきく。

「吉原の『三浦屋』です。吉原は人の出入りが多いですが、身を隠すにはいいですから。まさか、割田さまも吉原にいるとは思っていないでしょう」

権太夫は鋭い目を輝かせた。

「ほう」

歳月は面白そうに笑っている。

「あとは割田三樹三郎をどうするかだな。俺たちふたりで上屋敷へ押し入るわけにはいかない」

九郎兵衛は言った。

「またそれも面白そうだが」

歳月が茶々を入れる。

九郎兵衛は横目で軽蔑するように睨んでから、

「もうすでに手は打ってあります」

と、権太夫が言った。

「どんな手だ」

「今頃、割田さまは捕らえられています」

「どうしてそうなる」

「それは……」

権太夫はわざとらしく言い渋った。

「なんでだ」

九郎兵衛は再びきいた。

歳月も、聞き耳を立てている。

「唐水さまが大目付に訴えました。割田三樹三郎から正木家を乗っ取ろうと持ち掛けられたと」

「唐水がそんなことを言うはずがない。そうか、そのように言わせたのか」

「美濃守さまの養子になった唐水さまの言葉には重みがありましょう」

権太夫は含み笑いをした。

「あいつが捕まったら、俺が殺すことはできねえな」

歳月はつまらなそうに、舌打ちした。

「俺が心配することではないが」

九郎兵衛は前置きをしてから、今後、鯰屋権太夫はどうなるのか尋ねてみた。疑いが晴れて、再び以前のように陰の支配者として、権力を振るうのかを聞きたかった。

権太夫のやり方には素直に賛同できないが、自分も、そして妹のお紺も権太夫がいることで暮らしが成り立っている。

（俺はまだしも、お紺が路頭に迷うことだけは避けたい）

むしろ、権太夫に罪が着せられると、お紺にも何らかの影響があるのではと不安になる。

権太夫は、すぐに九郎兵衛の意図を汲み取ったらしく、

「松永さまがおそらくお考えになっているであろうことは、すべて心配ございません。朝になれば、必ず今まで通りに暮らせることでしょう」

権太夫は自信を持っていた。

「全ては元通りになります。もっとも、亡くなった方々は戻ってきませんが」

権太夫は言葉ばかり哀悼の意を表していた。心が冷たい人間であるが、形だけでもできるところが歳月との違いであった。

「あの水戸家の鵜飼吉左衛門はなんなのだ？　なぜ、俺を捕らえた？」

九郎兵衛はきいた。

「水戸の斉昭さまは越前守さまの改革に理解を示しておられるが、藩内には楯突く一派がいる」

権太夫が続ける。

「その者たちが、正木家の混乱を知り、そのことを利用して、越前守さまと強い結びつきのある私や美濃守さまを失脚させ、越前守さまに打撃を与えようとしたのですよ」

権太夫は続ける。

「その一派は幕閣の反水野越前守派と通じています。だから、鵜飼もいろいろ動けるわけです」

「では、そなたにとっては大きな敵ではないか」

九郎兵衛も驚いて言う。

「ええ、今後も私の前に立ちはだかるでしょう」

珍しく、権太夫は渋い顔をした。

「俺には関係ない」

権力争いなど、まったく興味がないと、九郎兵衛は言い、

「ただ、俺をもう巻き込まないでもらいたい」

と、訴えた。

そのことには答えず、

「ともかく、おふた方ともお疲れでしょう。こんなところにいないで、これから近くの料理茶屋に案内します」

と、権太夫が誘った。

歳月は喜んで行くと答えた。

「松永さまもお越しください」

権太夫が言う。

「わかった」

九郎兵衛も応じ、権太夫のあとについて行こうとしたとき、

「待ってくれ。少し松永と話をさせてくれ」

と言い、歳月は権太夫を先に行かせた。

不思議そうな目をしていたが、「待ってますよ」と、権太夫は悠然と去っていった。

九郎兵衛はがらんとした本堂で、歳月と向かい合った。

「話とはなんだ？」

九郎兵衛は急かす。

「じつは……」

歳月は言いよどむ。

「どうした、そんな恐い顔をして」

「ききたいことがある」

「なんだ？」

「お前とは、手を組むことで話が決まったと思ったが、ほんとうは一時の停戦に過ぎないのではないか」

歳月は引きつった笑みを浮かべた。

「なぜ、そう思う？」

「お前が俺を許すとは思えないのでな」

歳月は深紅の鞘から、刀を抜いた。

血がまだついていた。

「何の真似だ？」

九郎兵衛は歳月を睨み付けた。

「刀を抜け」

歳月が言う。

「今回、多くの血を見てきた。もう、うんざりだ」

歳月が首を傾げた。冗談かと思ったらしく、「松永らしくねえ」と一蹴した。

「いいから抜け」

歳月は声を張り上げた。

「本気か」

九郎兵衛は刀の鯉口(こいぐち)を切った。

突然、たあっと声を上げて、歳月が斬りつけてきた。九郎兵衛は十分に引きつけ、横っ跳びに抜刀し、相手の腹部を斬った。

「うぐっ」

歳月は口から血を吐いた。

が、振り向き、剣を構えた。

「歳月、覚悟」

正面から、九郎兵衛はもう一太刀浴びせた。

であった。


「今度はしてやられた」

歳月は倒れた。最後まで、憎らしい小馬鹿にするような独特の表情を残したまま

またもや血が流れた。九郎兵衛の背筋に悪寒が走る。

だが、どこか清々しくもあった。

鮮やかに決まったからなのか。長年の雪辱が果たせたからか。あるいは、ようやくこの不毛な殺し合いが終わったからか。

歳月の死に顔を見納めて、九郎兵衛は本堂を去った。

もう朝になっていた。雨は止んだ。

朝焼けの雲間から九郎兵衛の足元を陽射しが照らしていた。

この作品は書き下ろしです。

宿敵の剣

はぐれ武士・松永九郎兵衛

小杉健治

令和6年6月10日　初版発行

発行人―――石原正康
編集人―――高部真人
発行所―――株式会社幻冬舎
〒151-0051東京都渋谷区千駄ヶ谷4-9-7
電話　03(5411)6222(営業)
　　　03(5411)6211(編集)
公式HP　https://www.gentosha.co.jp/
印刷・製本―株式会社　光邦
装丁者―――高橋雅之

幻冬舎時代小説文庫

ISBN978-4-344-43389-2　C0193　こ-38-17

この本に関するご意見・ご感想は、下記アンケートフォームからお寄せください。
https://www.gentosha.co.jp/e/